ハービア
天界を裏切った天使長。
王国を乗っ取りやりたい放題。
ケイン
勇者パーティを追い出された元英雄のSランク冒険者。酷い仕打ちを受けても勇者達を憎めないほどのお人好し。
ケイト
元勇者パーティのメンバーで剣聖と呼ばれる剣の使い手。女の子と魚釣りに目がない。
シエスタ
元奴隷でケインに解放されメイドになった。なぜか給仕するより戦う事の方が多い。
クルダ
荷物持ちを生業とするポーター。見た目は幼いが、しっかり者。

CHARACTERS
ルラト
突如現れた謎の美少年。魔のオーラを纏っているが……
リヒト
パーティを私物化するため幼なじみのケインを追放した勇者。
アイシャ
その凛々しさから剣姫と名高い女剣士。実は可愛い側面も……？
アリス
アイスドールの名を持つ魔法使い。クールに見えて勝気でお喋り。

第一章　最強の代償

この平和な生活はいつまで続くのだろう……俺──ケインはパーティハウスのリビングでそんな事を考えていた。

かつて日本からこの異世界に転生してきた俺は、少し前まで勇者パーティに所属していた。

しかし、この世界での幼なじみでもあったリーダーの勇者──リヒトに追い出され、冒険者となって日銭《ひぜに》を稼いで暮らす事になる。

その過程で、かっこいい女騎士アイシャ、クールだけど照れ屋なアークウィザードのアリス、おっちょこちょいなアークプリーストのメルル、しっかり者のポーター、クルダと出会い、パーティ〝自由《じゆう》の翼《つばさ》〟を結成。

その後、メイドのシエスタ、元勇者パーティの剣聖《けんせい》ケイトが加わり、忙《せわ》しなくも楽しい日々を送っていた。

だが──

「どうかしたのですか？　ケイン様」

「いや、ちょっと考え事だ。気にしないでいい」

顔に出ていたのか、シエスタが声をかけてくれた。

楽しい生活の中にも心配事はたくさんある。

魔王に与《くみ》する魔族……その中でも四天王と呼ばれる最強の四人。俺はそのうち、〝死霊王《しりょうおう》スカル〟を倒し、〝空《そら》の女王《じょおう》ハービア〟を懐柔して俺達の住むシュベルター王国の平和に貢献した。

そしてその結果、単なる魔法戦士から人類最強のロードにまで成り上がり英雄王の地位を得て、めでたしめでたし……とはいかなかった。

実際のところ、ハービアとは王国を襲わないよう取引をしただけ。さらに、彼女の正体は魔王の手先などではなく、魔を滅《ほろ》ぼすべき天使長だと判明して状況はいっそう複雑化していく。

結局、ハービアは現国王アレフド四世を傀儡《かいらい》としシュベルター王国の実権を握り、俺は下僕として彼女の命令通りに動かなくてはならなくなった。

とはいえ自由は保障されているし、夢だったパーティハウスも手に入れた。

疲れて帰れば、こうしてシエスタが優しい笑顔で迎えてくれる。

もうこれで十分なのではないか。

勇者パーティを追放されて感じていた孤独は、もう消え去った。俺は一人じゃないんだ。

シエスタが微笑みながら朝食を準備してくれる。

今日は、アリスとメルルとクルダは出かけている。

ケイトは昨日遅くまでトランプをしていたらしく、寝坊だ。

だから、パーティハウスにはシエスタとアイシャしかいない。

「それならいいのですが……なんだかケイン様、寂《さび》しそうですよ？」

ははは、最近のシエスタは鋭いな。

すると、今度はアイシャが綺麗《きれい》な金髪を揺らしながら尋ねてくる。

「どうしたんだ、ケイン。心配事か？」

俺は笑って首を横に振る。

「いや、なんでもない。皆に囲まれて生活できる俺は幸せだなって、そう思っただけだ」

シエスタは顔を赤らめ、アイシャも嬉《うれ》しそうに笑う。

しかし、二人の笑顔を見ながら、俺は違う事を考えていた。

今は袂《たもと》を分かってしまった、リヒト達だ。

勇者パーティと言っても、あそこでの生活はとてつもなく質素だったな。

今でこそ、お風呂に入ってベッドでぐっすり眠るという普通の生活ができるものの、あの頃はほとんど野宿だった。

料理も今はシエスタが美味《おい》しく作ってくれるが、勇者パーティでは誰も作れないから仕方なく俺が拙《つたな》い腕で引き受けた。

ケイトは美味《うま》いと言っていたが、他の皆には気に入ってもらえなかったなあ……

まあ、こうしてシエスタの作った朝食と比べると、確かに不味《まず》かった。

それにしても、リヒトは今何をしているのだろうか？

賢者で俺の元恋人のリタは？

教会に仕《つか》える聖女のソニアは？

まだ魔王を討伐すべく、辛い旅を続けているのだろうか……

ただ、俺の見立てでは彼らは魔王どころか魔族の四天王にも敵《かな》わない。

しかも、四天王のうち残っているのは、〝剛腕《ごうわん》〟と、四天王のなかで最強の存在〝魔王の息子〟だ。

どちらも人智を超えたとんでもない存在だ。

そして、その二人を打ち破った後に魔王と戦わなくてはならない。

自分が幸せだからこそ、どうしてもその運命に抗《あらが》えない幼なじみの勇者を思い出してしまう。

もう俺とは関係ない他人……だが、小さい頃から長い時間を共に過ごした相手ではある。

日本にいた頃はよく勇者に復讐《ふくしゅう》する物語を読んだ記憶があるが、少なくとも俺はあいつらに不幸になってほしくはない。

そう思いながら、俺はシエスタの作った朝食を口に運んだ。

◇◆◇◆◇

時は少し遡《さかのぼ》り、ケイン達がハービアと出会う前。

四天王の一人、死霊王スカルが倒された。

帝国の使いからそんな内容の手紙を受け取ったのは、シュベルター王国のお隣、ルーンガルド帝国から勇者パーティの補充メンバーとして派遣されたメテルだった。

勇者パーティは元々王国の所属だったが、パーティへの援助金に対して王国のメリットが少ない事を不満に思った国王が、帝国に勇者パーティ援助の権利を譲渡したのだ。

そのタイミングでケインやケイトがパーティを離れた事もあり、帝国は穴埋めとして二人の補充メンバーを送った。

普段はリヒトを兄のように慕う元気なメテルが手紙を手に青ざめている様子を見て、もう一人の補充メンバーであるパーティのお姉さん役、エメルダが手紙を覗き込む。

「嘘でしょう……こんなのってあるの？　リヒト様以外に四天王を倒せる存在がいるなんて……」

「どうかしたのか？」

のんきな顔で勇者リヒトが尋《たず》ねた。

リタとソニアは黙ってメテルとエメルダを見つめている。

「リヒト様」

真っ青な顔でエメルダが報告した。

「四天王の、死霊王スカルが倒されました」

「嘘……」

ソニアは唇を震《ふる》わせて言った。

リタに至っては声も出せない。

「……誰が倒したんだ？」

リヒトはそう問いかけたが、誰が倒したのか想像はついた。

自分以外に魔族に戦いを挑み勝てるのは、二人しか思いつかない。

エメルダはリヒトの目を見て答える。

「英雄パーティ、自由の翼です」

「やはりケインか……あいつのパーティならケイトもいるし、おかしくないだろう」

そう言い、リヒトは野宿しているテントの外に出ていってしまった。

顔こそ穏やかにつくろっていたが、その目は笑っていなかった。

恐らく、相当悔しいのだろう。

なぜリヒト達がこんなにも死霊王スカルにこだわっているのか。

それは、スカルが四天王最弱だからである。

リヒト達は自分達が魔王に敵わない事を既に悟っていた。

とはいえ、魔王討伐を諦《あきら》めて何もしないまま帝国に居つくのは具合が悪い。

そこで、四天王に挑んだという実績を手に入れ面子《めんつ》を保ちつつ、生きて帰ったが怪我して引退という筋書きを、画策していたのだ。

「リヒト様……」

エメルダがリヒトの後ろ姿を見て呟いた。

「これで、メテルやエメルダの言っていた方法は使えなくなったのね」

ソニアがため息をつくと、リタが諦めた表情で言う。

「また次の方法を考えるしかないわ」

「そう言うけど、リタ、四天王の他の三人はスカルなんか目じゃないくらい強いのよ？　下手したら前に立つだけで殺されるわ。そうでしょう、エメルダ？」

「その通りです、ソニア様。一方的に殺される未来しか見えません」

「はっきり言うのね……まあ本当なんだろうけど」

エメルダの言葉に苦笑いするソニア。

「……さっきはリヒト様がいたので言いませんでしたが、実は四天王スカルが倒されただけではありません」

そう前置きして、エメルダは話し始めた。

なんでも手紙によると、勇者パーティ以外の人間が魔族の四天王を先に倒したので、帝王ナポレ二世がかなり怒っているらしい。

また、ケインを追い出したのは間違いだったのではないか？　といった疑問などが長文でつらつらと書かれていた。

エメルダの経験上、帝王が長文の手紙を送ってくる時は相当お怒りだ。

手紙の最後には、ルーンガルド帝王とシュベルター国王の話し合いの結果、英雄パーティはもう一人、四天王を倒す事になったとあった。

それを聞いたリタが首を傾げる。

「それはいい事じゃない？　勝手に四天王と戦ってくれるんでしょ？」

「ですが……」

リタがエメルダに尋ねる。

「何か問題でもあるの？」

「お忘れですか？　帝王は英雄パーティに先を越された事がご不満なのです。その上、さらに四天王を倒されては、必然的に私達も残りの二人と戦わなくてはならないのですよ！」

「そ、そんな……」

「そしてどうやら英雄パーティは空の女王を次のターゲットに定めたようです。自動的に私達の相手は〝剛腕〟と〝魔王の息子〟になりました」

四天王の中でも一際《ひときわ》強い二人の名前に、ソニアは力なく尋ねる。

「エメルダ……さすがに手はないわよね」

「残念ながら。最悪、全てを捨てて逃げる事も視野に入れた方がいいでしょう」

確かに勇者としてのプライドの高いリヒトに、こんな提案はできない。

勇者パーティは絶望に落とされた。


帝国からの使いが来た日からしばらく後――

「嘘でしょう!? 間違いじゃないの?」

またもやテントで手紙を確認していたメテルが声を上げた。

「メテル、どうしたの？ 顔色が悪いわよ！ しかもそんなに汗をかいて……」

「リタ様、大変な事になったよ」

「何が起きたの！」

メテルが状況を報告する。

「ついさっき帝国から情報共有があって、空の女王ハービアも英雄パーティが処理してしまったって」

リタは信じられないといった表情を浮かべて言う。

「馬鹿な事を言わないで。スカルならまだしも、空の女王ハービアにはリヒトだって敵わないのよ？　勇者パーティ以外に彼女を倒せる人間なんて存在しない。いかにケインとケイトが強くてもできるわけないわ」

「リタ様、それが倒したわけではないようです。空の女王ハービアの正体は呪《のろ》われた天使長だったらしく、その呪いをケイン様が解《と》いたとかなんとか……」

メテルと共に手紙を読んでいたエメルダがリタに説明するが、彼女は納得しない。

「そんなのおかしい。たぶん誤報だよ」

「リタ様、本当の事なんだよ！　実際に、その功績で英雄パーティのメンバーはそれぞれ貴族の地位を得て、王国はお祭り騒ぎだっていうんだから」

「そんな……」

がくりと膝をつくリタ。

するとメテルから受け取った手紙を読んでいたソニアが、さらに言う。

「しかもそれだけじゃないわ。帝王様が相当ご立腹らしく、今後の勇者パーティの処遇について直接連絡すると書いてある」

「すぐにでも残りの四天王を倒せって言われる可能性もあるという事ですね……」

エメルダが呟《つぶや》くように言った。リタが絶望した声で尋ねる。

「嘘、それじゃあ私達は本当に……」

「はい。剛腕、魔王の息子、あるいは魔王を早急に倒さないといけない……そういう事です」

エメルダがうつむきがちに答えた。

「そうは言うけど、どの四天王も私達には討伐なんて不可能よ」

ソニアは冷静に言った。

メテルも先ほどよりは落ち着いた様子で、状況を分析する。

「スカルに挑む作戦は、誰も四天王を倒せない事が前提だった。だから、挑むだけで実績になると踏んでいたんだ。でも、スカルとハービアの一件で、四天王は倒せる事がわかってしまった。もう単に戦うだけでは許されなくなっちゃったよ」

「それじゃ……」

メテルはリタに頷いてみせる。

「四天王を倒せる人間が存在する以上、人類最強の勇者に負けは許されない。もう勝つしかなくなったって事」

そこでいったん言葉を切って、メテルは告げる。

「あの、リタ様、ソニア様。凄く聞きにくい事を聞いてもいい？」

うなだれているリタに代わって、ソニアが尋ねる。

「何が聞きたいの？」

「ケイン様は巷《ちまた》で英雄と呼ばれているよね？　実際はどれくらいの実力があるの？」

「ケイン？　そうね……リヒトには後一歩及ばない、くらいかしら」

「……それ本気で言ってる？　リタ様、間違いない？」

メテルはリタにも確認を取る。

「……ええ、間違いないわ」

すると、メテルはあからさまにがっくりと肩を落とした。

「あなた達は何をやってるの……勇者に一歩及ばない？　それって人類最強の勇者に近い力を持っているって事だよね!?」

「でも、ケイトの方が強いわ」

「はぁ～、剣聖の方が強いなんて当然！　そうだとしても人類で三番目には強いんですよ。そんな人材をなんで追放したの？」

「それは、ねぇソニア……」

「そうね、リタ」

二人は顔を見合わせた。

結局その答えは、リヒトのわがままだ。勇者パーティの女性陣を独り占めしたい。そんな醜《みにく》い欲望が理由である。だから、彼を慕《した》っているメテルとエメルダには言えない。

「まあ、去ってしまったものは仕方ないか……でも、こうなった以上はこちらも早めに四天王を倒さなくちゃ……」

メテルは思案するように顎《あご》に指を当てる。

「できるできないではない、やらない事にはこの世界に居場所がなくなる。そのくらいの覚悟がないとまずいです」

エメルダも真剣な声色で告げた。

四人の心はさらなる絶望に染まっていく。

◇◆◇◆◇

「やるしかない……冗談じゃねえぞ！」

とある町の宿屋で勇者リヒトは人知れず気合を入れていた。

まさか、こんな事になるなんて思っていなかった……


その日、滞在していた町のギルドから呼び出しがあり、リヒトがメテル達パーティメンバーと共に訪れると、そこには通信水晶《つうしんすいしょう》に映った帝王の姿があった。

事前にメンバーから死霊王スカルがケインによって倒され、ハービアも攻略されたと聞いていたリヒトだったが、ここまで大事《おおごと》になるとは考えていなかったのだ。

帝王の怒りは水晶越しでもわかる。

「リヒト殿、そろそろ四天王を倒し、魔王討伐を視野に入れて動いてくれぬか！」

リヒトは首を横に振る。

「いや、まだ俺達の実力はその段階じゃありません」

「そうか？　だが、元勇者パーティで魔法戦士のケインですら、四天王の一人スカルを倒し、ハービアを攻略したぞ。勇者パーティを率いるお前がそれでいいのか？」

「それは……」

言いよどんだリヒトに、帝王は続ける。

「言い訳は聞かぬぞ！　三職《さんしょく》はおろか四職《よんしょく》ですらない人間が努力をして四天王を倒したのだ。リヒト殿はケイン殿を実力がないという理由で追い出したそうではないか？　よもや自分より能力がある人間を、嫉妬《しっと》に駆られて追放したのではあるまいな！　そのような噂《うわさ》も囁《ささや》かれている」

四職とは魔王や四天王を倒すために必要と言われている人材の事。勇者、賢者、聖女、剣聖がそれにあたる。また、剣聖を除いた三つのジョブを三職と呼ぶ事もある。

リヒトは弱々しい声で否定する。

「そんな事はありません」

「それならいいが……貴族の中には、ハーレム欲しさに親友を追放したとか、リタ殿と付き合っていたケイン殿が鬱陶《うっとう》しくて追放したなどと言う者もおる。帝国から十分な実力者を送った上、金も渡した。最初に伝えた通り、我がルーンガルド帝国は実力主義だ。成果が出せないなら考えなくてはならんな」

「わかりました」

「わかった？　ならば早急に四天王の一人を討ち取ってまいれ。できるよな？　なんだったら魔王を倒してきても構わんが」

「かしこまりました」

水晶の前で頭を下げるリヒトに向けて、帝王はさらに続ける。

「なぁ～に簡単だ。勇者パーティの落ちこぼれと剣聖だけで倒せたんだ。真の勇者であるリヒト殿なら余裕だろう。そうだ、王国はケイン殿のパーティ全員に爵位《しゃくい》を与えたらしい。一ヵ月以内に四天王の一人を倒す事ができれば、帝国も爵位を与えると約束しよう」

その言葉にリヒトははっと顔を上げる。

「俺が……貴族に？」

「ああ、約束しよう。これはリヒト殿に期待しているからこその褒美《ほうび》だ。期待を裏切ってくれるなよ」

「はっ」


そんなこんなでリヒトをはじめとする勇者パーティは四天王を倒しに行く事になった。

確かに貴族の地位は魅力的だ。

ケインが貴族になったのに、リヒトは勇者とはいえ社会的な地位はない。

それに四天王は、いつか戦わなければならない相手。

倒さなければならない相手なら、今やるのも後でやるのも大差ない。

（ケインにできるなら、俺にも余裕でできるはずだ。さくっと四天王を倒し、すぐに追い越してやる……！）

リヒトは一人決心し、宿のベッドで眠りについた。


リヒト達は、まず四天王の一人、剛腕が棲《す》むという古城へやってきた。

もし戦って勝てば貴族になれる。

そうすれば、生活も今までより楽になる。

そんな希望だけを頼りに、勇者パーティのメンバーは目の前の城を見上げていた。

「ここが、あの剛腕がいるという城か？」

リヒトが呟くと、リタが声を震わせた。

「本当に不気味ね……」

「正直、勝てるかどうかは未知数だね。情報が少なすぎてわからないよ」

「メテル、剛腕の情報は全くないのか？」

聞いたリヒトに、メテルは頷いた。

エメルダが補足する。

「剛腕と戦った者はほとんど死んでいますので、とにかく情報がないんです。わかっているのは、ある者は猛獣《もうじゅう》に引きちぎられたように、ある者は鋭利《えいり》な刃物で真っ二つにされたように死んでいたという事くらいでしょうか。ただ、手を出しさえしなければ、向こうから襲ってくる事はないと言われています」

「それなら少しは情報があるんじゃないの？」

エメルダがリタの疑問に答える。

「リタ様、見ていた者はただの農民や市民など戦闘において未熟な者ばかりです。彼らには剛腕がただ恐ろしいという事しかわかりません」

それを聞いたリヒトは、思わずため息をついた。

「俺はそんなのと戦わないといけないのか……」

エメルダは頷く。

「ええ、戦わないと帝国での立場が悪くなります。ですが私は逃げてもいいと思っております」

リヒトはびっくりしたように問いかける。

「いいのか、エメルダ？」

「命あっての物種《ものだね》ですから。メテルもそう思うでしょう？」

「勝てる見込みが五割あるなら戦ってみるのもいいけど、リヒトお兄ちゃんでも無理だと思うよ？私は死んでほしくないからエメルダに賛成」

「あなた達はそれでいいの？　勇者に逃げるよう促したなんて知れたら、帝国民のあなた達の立場は凄く悪くなるわ」

ソニアが問うと、エメルダは首を横に振る。

「ソニア様、私にとってリヒト様は大事な方です。もちろんソニア様やリタ様にも死んでほしくない。帝国と天秤《てんびん》にかけてあなた達を取るくらいの情はあります」

「私もエメルダと同じだよ」

今度はリタが恐る恐るといった様子で尋ねる。

「本当にいいの？　私達が逃げても？」

「構いません。もし逃げる選択をするのなら、ちゃんと協力しますよ。ただ、戦うにしても逃げるにしてもリヒト様がお決めください。このパーティのリーダーなのですから」

「そうだな……」

エメルダに話を向けられ、リヒトは考え込む。

いったいどうすればいいのだろう。

戦って勝てればそれでいい。だが万に一つも勝ち目はない。

自分の意地のために幼なじみや大切な仲間を犠牲にしていいのだろうか？

いいわけがない。そんなのはわかっている。

だが、ケインがやれた事を自分がやらないわけにはいかない事もまた、確かなのだ。彼は勇者なのだから。

心を決めたリヒトは口を開く。

「俺は戦いたい。たとえ勝てないとわかっていても」

その言葉に驚いたのはソニアとリタだ。

「リヒト、考え直さない？　本当に死ぬわよ」

「やめよう、リヒト」

しかし、リヒトは頑《がん》として首を縦に振らない。

「逃げたければお前達だけで逃げろ！　俺は行く」

譲らないリヒトを見て、エメルダとメテルは観念したようだ。

「仕方ありません。リヒト様のために一緒に死にに行きます」

「ここが私の死に場所って事ね」

「エメルダ、メテル……すまない」

二人は悲しくも優しい表情で首を横に振った。

リヒトはソニアとリタに顔を向ける。

「それで、お前達はどうする？」

二人は考え込んでいたが、しばらくして顔を上げた。

「見捨てて逃げるのは寝覚めが悪いし……付き合うわ」

「はあ、結局死ぬ事になるのね」

「ソニア、リタ……ありがとう。だが、まだ死ぬと決まったわけじゃない」

五人は一度顔を見合わせて頷くと、剛腕の城に入っていった。


この日は強い風が吹き荒れており、城内にも大きな音が響いている。

リヒト達が古城の中を突き進むと、そいつはいた。

身の丈は三メートルを優に超えているように見える。

「よくぞ来た人間よ。我こそは×××にこの城を任されている××××××である」

風の音がその巨人の名前をかき消し、リヒト達には聞こえなかった。

しかし、リヒトは動じずに答える。

「ほう……俺は勇者リヒト、リヒトだ」

巨人はリヒトの名を聞くとにやりと笑い、すぐさま戦闘態勢に入った。

「勇者とな？　では、お手合わせ願おう。いざ参る！」

突進してきた巨人を見て、ソニアが魔法を唱える。

「ホーリーウォール！」

すると、リヒト達の目の前に結界が出現。巨人の攻撃を防いだ。

その隙《すき》にリヒトが巨人に斬り込み、リタが攻撃魔法を放つ。

メテルから指示が飛ぶ。

「エメルダ、リタ様とソニア様を守って！　私はリヒトお兄ちゃんと一緒に攻める」

「了解、メテル」

エメルダは頷いて守りの態勢に入った。

ソニアの結界、リタの攻撃魔法、リヒトの斬撃《ざんげき》。

そこに補充メンバーの二人が加わった鉄壁の布陣だ。

この連携に怯《ひる》んだ巨人を見て、リヒトはとっておきの技を発動する。

「勇者が使う最高の剣技を見せてやる――くらえ、光《ひかり》の翼《つばさ》！」

リヒトの剣が光を帯び、そのまま敵に襲いかかる。

勇者が誇る最強の技だ。

「なるほど、勇者の剣……それは楽しめそうだ」

しかし、人類最強の剣技は防がれてしまった。巨人もダメージを受けたようだが、致命傷ではない。

そこからの戦いは熾烈《しれつ》だった。

リヒト達と巨人はほとんど同レベル。

五人の連携は回数を重ねるたびに、強く洗練されていった。

まさか、自分達が剛腕相手に互角に戦えるとは思っていなかったリヒト達。

自分達の努力が実った……この時、彼らはそんな喜びにあふれていた。

剛腕にも、引けを取らない戦いができる。

それに驚いたのは、他ならぬリヒトだった。

「これならいけるぞ！」

時間が経《た》つにつれ、戦局はリヒト達に有利に傾いていった。

そして――

「な、なんだと……！」

「これで終わりだ！」

巨人が疲労で息をついた一瞬を狙いリヒトが剣技――光の翼を発動。

その剣は巨人を一刀両断にし、リヒト達は勝利した。

「はあはあ……案外、どうにかなったな……」

疲労困憊《ひろうこんぱい》のリヒトが呟くと、そこに勇者パーティの面々が集まってくる。

「誰も死なずに倒せるなんて奇跡です」

エメルダが興奮気味に言う。他のメンバーもこくこくと頷いていた。

リヒトは満足げに彼女達を見回し、一息ついて告げる。

「……さて、四天王の一人を倒したし、今日は宿屋に帰ってゆっくりしよう。帝王への報告はそれからだ」

「そうね……」

「もう一生分戦った気がするわ」

ソニアとリタは達成感と疲れがないまぜになった表情を浮かべていた。

しかしこの時、誰も気付いていなかった。

風で聞き取れなかった巨人の名前……それが重要だった事を。

彼はこう言っていたのだ。

『よくぞ来た人間よ。我こそは剛腕様にこの城を任されている幹部ソルダムである』

彼らが倒したのは剛腕ではなく、ソルダムという別の魔族だったのだ。

これがさらに彼らの評価を下げる事になるとは、誰も想像していなかった。

◇◆◇◆◇

俺――ケインは、ケイトに引っ張り出されて久々に王都の外に来ていた。

周りのメンバーは何事か気になるようだったけど、ケイトが〝ごめん、今日はどうしてもケインに言いたい事があるから、遠慮して！〟と頭を下げていた。

さすがに、殺気を放ちながらお願いするのは大人げないと思ったが……

ケイトに森まで連れていかれる。

明らかにいつもの釣りの誘いじゃない。

おちゃらけた様子だが、よく見ると目が笑っていないし、いつもと違う雰囲気を感じる。

しばらく森の中を歩いて、周囲に全く人がいない場所まで来た。

すると――

「全く……ケインは危ない事ばかりしているんだからさあ！」

突然、ケイトが大きな声を上げた。

たぶんここしばらくの俺の行動――特にハービア関連の出来事について怒っているのだろう。

確かに、俺は一人でハービアと取引をし、その結果、王国の中枢を揺るがす事件を起こしてしまった。単独行動によって危険な目に遭《あ》ったのだ。

他の仲間はともかくケイトは剣聖。十分な戦力なのに頼らなかったのだから、怒られても仕方ない。素直に頭を下げる。

「面目《めんぼく》ない！」

「僕は剣聖なんだよ？　ケインよりも強いんだから、何かあった時は頼ってよね」

「そうだな……本当にごめん」

こうして叱《しか》ってくれる仲間がいる。その事が嬉しくて、怒られているのについ笑ってしまった。

ケイトも俺につられて、顔をほころばせる。

「まあ、もう良いけどさあ。そうだ、久々に少しやらない？」

そう言うとケイトはどこから取り出したのか、俺に木刀を投げてきた。

俺は頷く。

「いいぞ。相手してやるよ」

「手加減してあげようか？」

ケイトが意地悪な表情で聞いてくるので、俺は首を横に振る。

「別にいらないな」

「そう、なら最初から本気でいくよ！」

何度も言うがケイトは剣聖だ。剣の戦いならたぶん、この世界で最強。

勇者であるリヒトは〝勇者《ゆうしゃ》の加護《かご》〟を使って能力を上昇させれば、ケイトに勝てる。

だが、あくまで加護を使えばの話で、自力で戦えばリヒトですら敵わない。

もちろん俺なんて、能力だけで言えば足元にも及ばないだろう。

工夫を重ねに重ねてようやく紙一重《かみひとえ》の差といったところだ。それでも最後には負ける。

四職でない俺がそこまで戦える事だって凄いのだと思う。

しかし、この紙一重の差は絶対に追いつけない永遠の差だ。

これはケイトに限った話ではない。

暇さえあれば素振りや訓練をしていた俺が、一日三十分も訓練していないリヒトにあっさり負ける。

数えきれないほど重ねた俺の時間は、勇者の三十分に勝てないのだ。

それくらいジョブの差は激しい。

つまり何が言いたいのかといえば、俺がまともにケイトとやっても勝てるわけがないという事だ。

だから、俺はずるをする。

「ケイトって、最近凄く綺麗になったな！」

「あ、あははっ！　ケ、ケ、ケイン！　そ、その手には、の、の、の、乗らないんだから！」

やはり効いたか……こいつはこの手の褒め言葉に弱いからな。隙だらけだ。

「それじゃあ、行くぞ！」

俺は木刀を上段に構え、ケイトに振り下ろした。

剣道でいう面を狙う形だ。

バコッ！　と音がして、手応えを感じる……えっ？

木刀がケイトの頭に直撃していた。その直後ケイトは目を丸くして、気絶した。

「きゅううううっ……」

「お、おい、大丈夫か！　ケイト！」

まずい、すっかり忘れていた。

俺、魔法戦士からロードになっていたんだ……いつもの癖《くせ》で胸を借りるつもりでやってしまった。

見たところ外傷はたんこぶだけみたいだし、少し寝かせておけば大丈夫かな。

案の定、少ししてケイトは目を覚ました。

「気が付いたか、ケイト。もう大丈夫だよな？」

だが、ケイトの反応が鈍《にぶ》い。ぼうっとしている感じだ。

「どうしたんだ？　やっぱり打ちどころが悪かったのか。ごめんな」

「ち、ちが……」

「うん、どこか血が出ているのか？」

「違うって。違うから僕の事は気にしないで……」

何か様子が変だが……本人がそう言うなら大丈夫か。

「そうか、それならいいが……」

その時、俺はケイトの鼻から赤い筋が垂れている事に気付いた。

「お、おいケイト、鼻血が出てるぞ。おぶってやるからすぐ帰ろう。手当てしてもらわないと」

「大丈夫だよケイン、僕は平気だから……」

「平気なわけあるか。ほら乗れ。すぐにメルルに治療してもらうから」

「わ、わかったよ……ああぁっ」

「どうした、ケイト。やっぱり痛いのか」

「だだだだだっ、大丈夫だから、本当にらいひょうぶ」

まずいな……目の焦点が合っていないし、呂律《ろれつ》も回っていない。

俺は無理やりケイトをおぶって走り出した。
徐々にケイトの息が荒くなっていく。
思ったより重傷なのかもしれない。
背中がケイトの鼻血でビシャビシャに濡れる。
さらに汗ももの凄く、ケイトの服は鼻血と汗でぐしゃぐしゃだった。
(ごめんな、ケイト……)
心の中で謝りながら俺は急いで町まで走った。

◇◆◇◆◇

何これ？　嘘でしょう？
僕――ケイトは今までにない感覚に襲われていた。
鼻血が止まらなくなるし、汗も凄く出るし、何より心臓のドキドキが止まらない。
何が起きたのか、まるで理解できないよ。
ケインの手が触れるたびに頭から足まで快感が走る。
僕はおかしくなっちゃったみたいだ……ケインになんでもしてあげたくなっちゃう。
早くケインから離れないと……

◇◆◇◆◇

俺――ケインはケイトを背負いながら町に入る。

すると、俺を見るなり門番が飛んできた。

「ケイン様、何が起きたのですか⁉　剣聖様が血だらけになるなんて……まさか、残りの四天王か魔王が攻めてきたのでは……」

俺は首を横に振る。

「そうじゃない、大丈夫だ。ただ訓練中に木刀が当たって怪我しただけだ」

「そうですか、よかった……英雄パーティはこんな激しい修業をいつも行っているのでしょうか？」

「すまないが話している暇はないんだ」

門番ははっとした顔で頭を下げる。

「申し訳ございませんでした！　どうぞお通りください。あ、これは私のポーションですが、よかったらお使いください」

「恩に着る」

そう言って俺は門番に金貨を三枚渡した。

「こんなに！」

「ああ、ただの礼だ。それじゃ」

俺は気絶しているケイトにポーションを振りかけ、そのまま走り出した。

背負っていると心臓の音は規則正しく感じられるから、命に別状はないと信じたい。

しかし、鼻血は止まらない上に汗が酷《ひど》く、息をハァハァ切らしている。

もしかすると、かなりやばいのかもしれない。

町中の人間がこちらを見ている。

剣聖が血を流して、気絶している。

それを俺が背負って走っているんだ、そりゃ目立つだろう。

「剣聖が怪我するほどの魔物が出たのですか？」

ギルド関係者が俺と並走しながら話しかけてきた。

「違う、訓練で怪我しただけだ」

「そうですか？　それならよかったですが……ただ勘違いする者がいるといけないので、ギルドの掲示板に詳細を貼っておきます」

「助かる」

「あと、このまま私が皆に事情説明しながらついていきます」

ギルド職員が、これは事故で魔王絡みではないというような事を走りながら説明してくれた。

おかげで町はパニックにならずに済みそうだ。

俺はパーティハウスに到着するや否や、大声で叫んだ。

「メルルー！　いるかー！」

幸い、メルルは自室で本を読んでいた。

俺の剣幕に驚いて、慌てて駆け寄ってくる。

「どうしたのですか？」

「大変なんだ！　ケイトが……」

俺の背中にいるケイトの姿を見たメルルは、ただ事じゃないと察してくれた。

「凄い血ですね。すぐにお風呂場に運んでください」

「わかった」

俺は風呂場にケイトを運び、下ろした。

「ここから先はあたしの仕事です。ケインは出ていってください」

メルルがこちらを見て言った。

「えっ、いやでも……」

「ケイン、服を脱がして検査するのですよ？　男はさっさと出て！」

「わ、わかった。何かあったらすぐ呼んでくれ」

確かに服を脱がして診察するのに、男の俺は邪魔なだけだ。

俺は大人しくリビングで待つ事にする。

すると、騒ぎを聞きつけたメンバーがぞろぞろと自室から出てきた。

シエスタが尋ねてくる。

「ケイン様、何かあったのですか？」

「実は訓練中に俺の攻撃がケイトに当たって、怪我させちゃったんだ」

俺は状況を簡潔に説明した。

「あのケイト様が怪我されるなんて……考えられません」

「普通はそうだよな……だけど、なぜか当たってしまったんだ」

「訓練は真剣を使ったのか」

話に入ってきたのはアイシャだ。

「いや、木刀だよ」

「なら、大丈夫だ。クルセイダーの私ですら木刀で人間を殺すなんて無理だからな」

「そうだな……確かに見た感じはこぶができた程度だった」

アイシャは不安がる俺を笑い飛ばす。

「大体、そのくらいで剣聖がどうにかなるわけないだろうに」

「面目ない」

俺がロードになり強くなったとはいえ、ドラゴンの攻撃を片手剣でいなすケイトだ、そうそうくたばらないいか。

俺は何か大事な事を忘れている気がしたが、とにかくケイトについてはメルルに任せて待つ事にした。

◇◆◇◆◇

おかしいですね……頭にたんこぶはできているけど、特に大きな問題はなさそうです。

あたし——メルルは風呂場に運ばれたケイトを見ながら首を傾げます。

こんな怪我ならヒールの魔法もいりません。

なのに、あの剣聖のケイトが鼻血を出しながら気絶しています。

しかも、結構な汗を流しており、鼓動《こどう》が速い。なぜか、顔はニヤニヤしていますが。

あたしはケイトの頬《ほお》をぺちぺちと叩きます。

「ほら、ケイト、起きてください」

「ううん……ケイン、駄目だってばぁ……」

うん、ただいい夢を見ているだけのようです。

水でもかけて起こせば大丈夫。

バケツで水を汲《く》んで、ケイトの顔にぶっかけます。

「冷た⁉　何なにどうしたの？　あれ……僕、ケインと木刀で練習していて……」

あたしはため息をついて尋ねます。

「何が起きたらこうなるのですか？　剣聖ケイトが気絶するなんて」

「おかしいんだよ！　ケインに見つめられたり、触られたりすると体が火照《ほて》っちゃうんだ」

ケイトはまくし立てます。でも、信じられない。

「まさか、そんな事ないと思います」

「そうかな？」

「確かにケインはかっこいいけど、それで体に異常が起こるなんて……」

「まあ、僕の勘違いならいいんだけど……」

ひとまずケイトに体を拭《ふ》かせて、あたしは一足先に皆の待つリビングへと戻りました。

しかし、確かに妙ですね。

さすがに見られただけで体に異常が出るのは勘違いだとしても、剣聖であるケイトがあの程度の怪我で気絶するわけがありません。

そもそも彼女が木刀でたんこぶを作るのもありえない話です。

「メルル、どうだった？　ケイトは大丈夫だったかな」

「ケイン、大丈夫……って」

嘘でしょう。

ケイトが言っていた事は本当だったのですか？

ケインがもの凄く凛々《りり》しく見えます。

元から好きだから、なんてものじゃない。まるで超強力な惚《ほ》れ薬《ぐすり》を呑《の》まされた気分です。

「メルル、どうしたんだ？　ケイトは大丈夫だったのか」

もう一度同じ事を尋ねてくるケインに、あたしは慌てて答えます。

「あ、ああ。あはは、ケイトですね。彼女なら大丈夫。少し打ちどころが悪かったんじゃないですか？　すぐに目覚めました。今は部屋に戻っていると思います」

「そうか、よかった。メルル、ありがとう！」

そう言うとケインは私の手を強く握りしめてきました。

「ひゃぁい……あっ、ごめんなさい！」

思わず変な声が出てしまいました。

「あっ、俺こそごめん。いきなり手を握るなんて」

「べ、別に嫌じゃないからいいですよ」

いったい、何が起きているというのですか？

ケインと目が合うだけで顔が熱くなるし、汗が止まりません。

「どうしたんだ、メルル。顔が赤いけど熱でもあるのか？」

「な、なんでもないです！　本当になんでもありません」

「そう、ならいいんだけど……」

あたしはなんとか笑顔を作って頷きます。

「はい、あたしは大丈夫ですから。平気です」

いったいあたしはどうなってしまったのでしょう？

ケインを見ているだけで、さっきから胸はドキドキして、汗が噴《ふ》き出てきます。

ケインの事は大好きだし、頼りがいもあるし、素敵だと思ってるけど、ここまで体に反応が出た事はないです。

とりあえず、ケインから離れないと……

「ケイン、大丈夫だとは思いますが、一応ケイトの部屋に様子を見に行ってきます」

「ああ、わかった」

ケイトが言った事は間違いではありませんでした。

これからどういう顔でケインを見ればいいのでしょう？

不安で仕方ないです。

◇◆◇◆◇

結局、ケイトの騒動は俺――ケインの不注意が生んだアクシデントだった。

俺はロードになった事で、異性に触れると性的な快感を与えてしまう不便な体になったのを忘れていた。

ともあれ、なんとか騒ぎが収まってから数日後――俺はいつもの軽い訓練を終え、午後はパーティハウスでゆっくりする予定だった。しかし、そんな時に限って、王城から呼び出しがかかった。

ハウスの前に王家の馬車、それもユニコーンに引かせる王家の特殊馬車だ。

こんな豪華な馬車は貴族どころか、王族でもそうそう乗らない。

そんな王家の馬車の周りを白馬に乗った騎士二十名が固めていた。

これが特別な待遇である事は誰が見ても明らかだ。

「英雄王ケイン様、お城でハービア様がお待ちです」

そうか、俺は英雄王……王より上の存在なんだ。

だからこその待遇か。

今はっきりと自覚した。

騎士達はしっかりと跪《ひざまず》き頭《こうべ》を垂れている。

ただ、俺はあまりこういうのは好きではない。

「あの、やめてもらえる？」

俺がそう伝えると、代表の騎士が首を横に振って言う。

「何をおっしゃいますか？　あなたこそ王の中の王、天使長が認めた偉大なるお方なのです。跪くのは当たり前でございます」

「俺は、王でも剣を取り、君達と共に戦い共に酒を飲む。そういう王になりたいんだ。だから正式な場所以外での儀礼《ぎれい》は不要だよ。今日は受け取っておくけど」

「はっ、ありがたき幸せ」

まだ、堅いけど仕方ないな。

さて、問題は王城に俺一人で行くか、誰かを連れて行くかだ。

リビングに皆を集めて見回すが、やっぱり誰も目を合わせない。

絶対に行きたくない、そんな思いが滲《にじ》み出ている。

俺だってそう言いたいところだけど、相手はハービアだ。問題を起こしてもまずい。

ここはいつでも付き添ってくれるシエスタだけにしておくか。

彼女は腰が低いし、安心してハービアに会わせられる。

「シエスタ、今日は頼むよ」

「はい、ケイン様」

返事はいいが、顔は青ざめているな。

まあ、天使長に会うっていうのに怯《おび》えない方がおかしいか。

俺がシエスタを連れて外に出ると、先ほどの騎士が歩み寄ってきた。

「それでは、ケイン様、シエスタ様、馬車へどうぞ」

シエスタはおどおどしているが、一応君は侯爵なんだから、もう少し堂々としよう。

かく言う俺もハービアに会うとなると憂鬱《ゆううつ》だけどな。

「これはこれは、ケイン殿にシエスタ殿、よくぞ来てくださった」

王城に到着すると、ハービアの傀儡、国王アレフド四世が迎えてくれた。

それにしても、国王はやつれているな。ハービアにいびられているのかもしれない。

ふと横を見れば、シエスタはシエスタで大変な事になっている。

王様に直々に挨拶なんて経験、そうはないよな。

「ア、アレフド王……こ、こ、こんにちは」

がちがちのシエスタに、国王も思わずといったように苦笑いしている。

「よいよい。あなたはこの国の真の王であるケイン殿の腹心。肩書きこそ侯爵だが、実質上の権力は私より上ですからな。気さくに話してくだされ……それに」

「それに……なんでしょうか？」

「戦《いくさ》メイドが本気で暴れたら、ケイン殿以外止められません」

「わ、わたしはそんな事はしませんよ！」

確かにここにいる騎士じゃもう止められないな。

国王は明るい表情を浮かべる。

「ただの冗談ですから、気になさらないでください。さあ、ハービア様がお待ちですので、すぐに向かった方がよいかと」

俺は頷いて礼を言い、王城内にあるハービアの部屋に急いだ。


きらびやかな装飾が施された部屋で、ハービアは俺達を待っていた。

「久しぶりね、ケイン」

「ハービア様、お久しぶりでございます。ご機嫌はいかがでしょうか」

俺が少し硬くなりながら応えると、ハービアは長く美しい銀髪を揺らして不満げに言う。

「堅苦しいのはいいわよ。それよりもあなたは私の下僕なんだから、もう少し頻繁《ひんぱん》に顔を出しなさい」

「かしこまりました」

「ふん……あらっ、そちらはケインのお仲間？」

ハービアはシエスタの方を見て尋ねた。シエスタがぎこちなく頭を下げる。

「初めまして。シエスタと申します」

「よろしく。あなた、ちょっといいかしら」

「はい？」

ハービアはいきなりシエスタの頭に手を置くと、確認するように言う。

「なるほど。あなたは自分のジョブにコンプレックスを感じているのね？」

シエスタはハービアに図星を指されたみたいだ。

「!? さ、さすがは天使長様です。簡単にわたしの意識が読み取れるのですね」

「そうね。さて、それじゃあ、あなたのジョブを変えてあげましょう」

ジョブは生まれた時に決まる職業のようなものだが、ハービアはそれさえも変える事ができる。

かつて、俺のジョブを魔法戦士からロードにしたように。

ハービアが〝ジョブ交換〟と唱えると、淡い光がシエスタを包み、そして収まった。

こんな事ができるなら、人の人生なんて簡単に変えられてしまうな。

俺は恐る恐る尋ねる。

「あの、ハービア様。シエスタのジョブは何になったのですか?」

「その娘の二つ名、戦メイドなんでしょう? だから〝戦乙女《いくさおとめ》〟のジョブをあげたわ」

「初めて聞きますね……戦乙女とはどんなジョブなんでしょう?」

「確かに最近はあまりいないわね。剣や槍でなく杖で戦うのに特化したジョブ、といったところかしら」

するとシエスタが、がばっと頭を下げた。

「ありがとうございます、ハービア様! 本当にありがとうございます!」

ハービアは笑顔で手をひらひらと振る。

「いいのよ。その分ケインに頑張ってもらうから」

ちょっと待て、聞いてないぞ。

俺の事はお構いなしにハービアは続ける。

「今度、剛腕があなたに会いに来るらしいからその時はよろしく」

俺は首を傾げて尋ねる。

「剛腕？　魔族の四天王がなぜ……」

「あなたがロードになったってつい口を滑《すべ》らせたら、戦ってみたいって」

「剛腕が戦いに？　ハービア様、それはいくらなんでも」

マジか？　このままじゃ俺は死ぬぞ？

剛腕は魔族の四天王の一角だが、その実、ハービアと同じく天界の住人だ。

天使長であるハービアと武神である剛腕は魔王討伐に挑んだものの、魔の軍門に下った。

だが、魔王に負けたとはいえ、剛腕は武神と呼ばれる武力を司《つかさど》る神。

そんなものと戦って無事に済むはずがない。

「申し訳ないわね」

ハービアは言葉とは裏腹に、微塵《みじん》も謝る気がない表情でこちらを見ている。

俺はため息をついて尋ねる。

「あの……確かハービア様は以前、剛腕の攻撃が三回俺に当たったら死ぬって言ってましたよね」

「ええ、たぶん一分も持たないんじゃないかしら？」

「それなら、なんで剛腕は俺と戦いたいんですか？」

どう考えても俺が惨《みじ》めに倒されるだけで、剛腕は何も得るものがないと思うが。

ハービアは答える。

「あなたが人類最強だから」

「強い人が好きなら、また魔王とかと戦えばいいのでは……」

「それは無理よ。ドラゴンとトカゲじゃ勝負にならないわ」

そんな……武神である剛腕がトカゲ。なら魔王はいったいどれほどの強さなんだ。

「あなたくらいがちょうどいいのよ。それに、その子にジョブをあげたのは、私を楽しませる駄賃《だちん》。先に報酬《ほうしゅう》をあげたのだから断るなんて言わないわよね？」

なんだかとんでもない事に巻き込まれた。

今までで最強クラスの悪寒《おかん》が、俺の背筋を走った。


それから、数時間後――

屋敷に戻った俺は頭を抱えていた。

いつからこうなってしまったのか。

四天王のスカルを倒し、その後は悠々自適な人生を歩むはずだった。

リヒト達の事を忘れ、幸せな人生を始めるつもりだった。

確かに酷い追い出され方だったが、あいつら勇者パーティと俺には大きな違いがある。

奴らは名誉と引き換えに、死の運命に縛《しば》られている。そしてそこからは絶対に逃《のが》れられない。

対して俺は名誉こそないが、縛られず自由に暮らせる。

どちらがいいかは誰だってわかる。

誰もが俺の方がいいと、そう言うだろう？

だが、俺はどこかで選択を間違えたのか、英雄王という名誉を手に入れてしまった。

そのせいで俺はまた、運命に縛られた。

いや、理由はわかっている。ハービアを攻略しなければよかったのだ。

それこそ、腰を抜かして逃げ出し国王に泣きつけば、貴族の地位はなくなるかもしれないが、こんな事にはならずに済んだ。

俺が中途半端にハービアと取引した結果、彼女が実質的にこの国の王になってしまった。

あの後、剛腕とどのように戦うのか、ハービアと少し話した。

簡単に言うと、剛腕は四天王の一人としてこの国に攻めてくる。

そして、俺がハービアの加護を受けながら一人で戦う。

ここがミソだ。

誰も巻き込まずに一人で戦わないといけない。

武神である剛腕は俺と心おきなく戦いたいらしい。そのため、他の人間を交えず俺が一人で戦場に来る事をご所望だそうだ。

パーティの仲間には力を借りられない。

ハービアがいるからたぶん死なない。彼女は死者をも蘇生《そせい》させる術を持っているからだ。

だけど、皆の目の前で死ぬほど痛めつけられるのは確実。

絶望しかないな……剛腕にとって俺は蟻《あり》も同然だ。

しかし、ハービアには〝私を楽しませろ〟と言われている。

一瞬で倒されてはまずいだろう。

だが、いい考えが何も思いつかない。

「ケイン様、難しい顔をしていますね」

シエスタが心配そうに声をかけてきた。

「ああ、さっきの話を聞いただろう？」

「はい。ですが、わたしも戦乙女のジョブを身につけましたし、少しは役に立てるかもしれません」

「それは無理だよ。これは俺一人でやらなくちゃいけないんだ。ハービア様もそう言っていた」

「そうでした……命は保障するとハービア様はおっしゃっていましたが……」

「まあ、死なないだけましかな。まだ日にちはあるから、少しは戦えるように頑張るさ」

俺はなるべく明るく聞こえるように声に力を込めた。

シエスタもうんうんと頷く。

「はい！　一緒に戦えないなら、せめてバックアップさせてください」

「そうだな、戦いには参加させられないけど、これからの訓練は皆に手伝ってもらおうかな」

たぶん、これが本当の意味でのパーティ自由の翼の最終戦だ。

これさえ乗り切れば、もう大丈夫。大丈夫……だよな？

それに普通なら武神なんていう雲の上の存在と戦う機会なんてない。

魔王より弱いとはいえ、武の神が相手をしてくれるのだ。

人間でありながら神が稽古《けいこ》をつけてくれる。

それは凄く幸せな事……そうとでも思わなければやってられない。

だけど、ただやられるのではなく、少しくらいは食い下がりたい。

そのためにもメンバーに教えを乞《こ》おう。

剣聖のケイト。

クルセイダーのアイシャ。

アークウィザードのアリス。

アークプリーストのメルル。

ポーターのクルダ。

戦乙女のシエスタ。

ジョブが違えば戦い方が違う。

武神はその特性上、あらゆる戦い方を窮《きわ》めていると考えられる。

俺が使える技や魔法だけでは本当に秒殺されかねない。

足りない分は皆との訓練で埋める。

人生を楽しむためにパーティを作ったのに、こんなハードモードになるなんて思わなかったよ。


俺はメンバー全員をリビングに集めて事情を説明した。

すると、ケイトが呆《あき》れたように言う。

「あのさあ、ケイン。君は僕一人にすら勝てないんだよ？　この前はたまたま僕が不覚を取ったけど、剛腕相手なんて敵うわけがない」

「私も同意だわ。なんでそんな事を引き受けちゃったのよ」

アリスも同意見のようだ。まあ当然の反応ではある。

「理由は話しただろ。もうどうしようもないんだ。ひとまず最初はケイトと一対一でやらせてくれ」

「はあ……わかった。一発入れられた借りもあるし、いいよ。胸を貸してあげる」

「ああ、頼む」

その後、俺達はいつも訓練に使っているパーティハウスの庭に移動し、ケイトと向かい合った。

「よし！　それじゃ、先手を譲ってあげるからかかってきなよ！」

ケイトがそう言うので、俺は遠慮なくやらせてもらう事にした。

「それじゃ行くぞ」

特別な事はせず、手に持った木刀で上段から斬りかかる。

一瞬の後、ケイトがなんとか俺の剣を受け止めた。

「は、は……ははっ！　これは剣聖の僕も驚きだ」

俺はにやりと笑って返す。

「そうか？　だが、これはまだ小手調べだ。行くぞ……奥義、光の翼！」

勇者の奥義、光の翼。ハービアの加護とジョブがロードになった事で、俺は勇者パーティメンバーの技全てを使えるようになったのだ。

聖魔法の光を纏《まと》いながら猛スピードでケイトに斬りかかる。

これならどうだ！

「な、なんで魔法戦士のケインがその技を使えるんだ⁉　だけど残念！　僕は剣聖だ、スピードでかわす！」

光を纏いながら突っ込むも、ケイトはぎりぎりかわしてみせた。

技は同じでも、経験が浅い分リヒトほど使いこなせていないのかもしれない。

それに、ケイトはリヒトの技を何回も見ているから、既に攻略法を身につけているのかも。

それなら……

「今度はこれだ！　ソニックブレード！」

「うわぁぁぁぁ、ずっこいよ、ケイン！　リヒトの技の次は僕の技じゃないか！　だけど……その技は僕の方に分《ぶ》がある。ソニックブレード！」

ケイトも同じ技を繰り出してきた。

音速を超える剣戟《けんげき》がぶつかり合う。

「さすがに剣聖だな……このままじゃじり貧だ。ならば……ホーリーウォール」

「って、今度は聖女の結界!?　いくらなんでも、それはずるすぎるよ！」

聖女の結界で身を守りながら、剣聖の技ソニックブレードで攻撃。

ケイトが防御できない分、俺の方が優勢だ。

結局、その差が徐々に出てきて、ケイトは追い詰められ決着した。

「どうやら、俺の勝ちだな」

ケイトは素直に負けを認めつつも不満顔だ。

「確かにケインの勝ちだけどずるいよ。何それ？　一人で勇者パーティ全員の魔法や技を使えるなんてさあ……どうすればそんな事ができるようになるんだ」

他の皆も戦闘中は呆然としていたが、そこは気になっていたらしく顔をずいと近づけてくる。

俺はケイトや仲間達に正直に話した。

「ロード？　それって、三職を超える伝説のジョブじゃない？　ハービア様に頼ってそんなこすい真似していたんだ。見損なったよ、ケイン」

そう言ってケイトが詰め寄ってきたので、俺は反論する。

「いや、それを言うなら、今までは剣聖っていう俺よりいいジョブだったケイトがずるしていた事になるんじゃないか？」

「いいじゃん！　僕は女の子だよ。か弱いんだから、そのくらいのハンデがあって当たり前じゃないか」

「そうですね……」

思わず敬語になってしまった。

か弱い……か弱いね。俺からしたら、勇《いさ》ましく残念な女の子なんだが。何しろこいつは下手な男より女にモテるほどだ。

「何か言いたい事があるのかな？　ケイン」

俺はため息をついて、首を横に振る。

「なんでもないよ」

「そう、わかればいいよ。だけど、これじゃ全員で戦っても無駄だ」

「なんで？」

俺が首を傾げると、アイシャが呆れた声で言う。

「当たり前だろう、ケイン。聖女の魔法で守りながら、剣聖の技で斬り込んでくる。誰が戦える？　クルセイダーなんて亀みたいに見えるんじゃないか？」

「アイシャ……そうかもな」

アリス、メルル、クルダも頷いて言う。

「そうよ、アークウィザードなんて魔法が通じない時点でただの人だわ」

「あたしは、回復魔法専門ですし」

「うちは運ぶの専門ですね」

だよな……とはいえ、このまま何もせずに剛腕に挑むのも怖い。

そう思っていたところ、意外な人物が手を挙げた。

「それなら、次はわたしですか？」

「シエスタ？」

「わたしのジョブ、戦乙女は皆さんのジョブよりも実戦的です。さすがにケイト様ほど戦えませんが、何かしらケイン様のヒントになる動きができるかもしれません」

確かに……それに、戦乙女になったシエスタの戦いぶりも見てみたい気がする。

「それじゃ、お願いしようか」

「はい」

スキルと魔法はなし、さらに俺は片手のみで戦うというハンデで、やってみる事にした。

開始の合図が出ると、シエスタが早速仕掛けてくる。

「それじゃ行きますよ！　はぁぁぁぁーっ！」

二本のナイフを持ち、接近戦を挑んできた。

凄く勇気がいる攻撃だ。

相手の内側に入り込まなければこの攻撃は通用しない。

二本のナイフが俺の体を狙う。俺はそれをかわし続けた。

昔の俺なら……勇者パーティにいた頃なら負けていたかもな。

「凄いよ、シエスタ！」

「ええ、このパーティに来るまで戦闘経験ゼロなんて信じられないわ」

ケイトとアリスが感嘆の声を上げた。他のメンバーも驚いているようだ。

「少しは、練習相手になっていますか……はぁはぁ」

シエスタが息を切らしながら尋ねてきた。

「十分だ。ありがとう、シエスタ」

「そうですか……ですが、まだまだです！」

そう言うと、シエスタはスカートに手を突っ込んだ。

「シエスタ？」

次の瞬間、シエスタの手にあったのは棒を連結した武器、三節棍《さんせつこん》。

それを器用に振り回し、シエスタは俺の頭を狙ってきた。

「凄いな、そんな武器まで」

「わたしは戦乙女です。杖や棒を使うのに適したジョブになったんですよ！」

だが、虚《きょ》をつかれて驚いたものの、シエスタの動きはまだまだ未熟。

そりゃそうだ。戦乙女になってまだ数時間。自由自在に動けるわけがない。

すぐに決着はついた。

「はぁはぁ、もう駄目です」

「いや、よくやってくれたよ。ありがとう、シエスタ」

「いえ、ケイン様のためなら」

結局、シエスタの戦いぶりに刺激を受けたのか、他のメンバーも訓練に付き合ってくれる事になった。

だが、今日は初日なのでこれで終わり。

明日からは……本格的にスタートだ。

◇◆◇◆◇

次の日――昨日同様、各メンバーと個別に模擬戦をしたが、それはやはり無駄だった。

結論から言うと、ロードというジョブは恐ろしく強かった。

この日にはもう、俺はケイトの動きを全部見切っていた。

それがどういう結果をもたらしたかと言えば……

「ケイン、もう僕達じゃ無理！　たとえ勇者パーティ全員でかかってもケインには敵わないと思《おも》うよ！」

「悔しいけど駄目だ。クルセイダーの防御を簡単に超えて攻撃が通る人間なんて相手できない。見ろ、この鎧を。ミスリルなのにへこんでひびが入っているだろう？」

ケイトとアイシャが文句を垂れると、アリス、シエスタも続く。

「最大級の魔法をあっさり剣で弾かれた私に、これ以上どうしろと言うのよ！」

「わたしじゃやっぱり無理でした……大人しく給仕していますね」

戦える四人がこれじゃ諦めるしかない。とはいえ、何もしないわけにはいかない。

ひとまず竜種を狩って戦闘慣れしておくか。

ハービアに稽古をつけてもらう事も考えたが、たぶん瞬殺されるだけだ。

俺は皆に頭を下げる。

「皆、今日はありがとう……明日からはしばらく休んでいてくれ」

俺は今日の訓練を切り上げた。

◇◆◇◆◇

さらに翌日――俺は王都の冒険者ギルドに顔を出した。

誰かと一緒に行ってもよかったが、昨日の今日なので休ませてあげる事にした。

「ケイン様、今日は何か依頼を受けるのですか？」

受付嬢が用件を尋ねてきた。

そういえば、ここしばらく依頼を受けていなかったな。

「今日は違うよ。ここの冒険者にとっていい話を持ってきた」

「そうですか。どのようなお話でしょう？」

受付嬢が首を傾げる。俺は彼女に微笑んでから、ギルド内にいる冒険者に聞こえるよう声を上げる。

「皆さんの中で今日暇な方はいますか？　修業のためにちょっとした獲物を狩りに行くんですが、同行してくれる方がいればお願いします。依頼は素材の回収、報酬はその手に入れた素材全部でいかがでしょうか？」

すると、ギルドがにわかにざわめき始める。

「おい、それ本当かよ！」

「あの、私駆け出しだけど本当に良いの？」

「僕もやってみたいな……」

気が付くとギルドで飲んだくれていた者、仕事にあぶれた冒険者、駆け出しの冒険者、総勢三十四名がついてくる事になった。

ギルドには俺の親友で、太っているだけでそのあだ名がついたオークマンもいたので、ついでに同伴してもらい出発した。


運賃も俺持ちで全員を馬車に乗せ向かった先は、火竜山脈《かりゅうさんみゃく》。

ここには、たくさんの火竜が棲みついている。

今の俺だと、このくらいの竜種の群れでないと修業にならない。

だが、倒せても回収は楽じゃない。うちの運び屋クルダにだって限界はある。

仮にそのまま放置してドラゴンゾンビなんかになったら目も当てられない。

ギルドにはいつもお世話になっているし、俺が勇者パーティをクビになった時に慰《なぐさ》めてくれた冒険者もいた。

竜種の素材を皆にプレゼントするのは、そのお礼でもあった。

火竜山脈に到着すると、冒険者の一人が呟く。

「嘘、ここは火竜山脈？　まさか僕達を囮《おとり》に……」

おいおい、俺がそんな事をするはずがないだろう。

「違うよ。いいか、もう一度言う。これから俺は修業のために火竜を狩る。だが、一人では回収しきれないから、素材は皆で分けてくれて構わない」

皆は安心した様子で頷いた。

「さすがケインの兄貴、太っ腹だな。確かに火竜なら、ここにいる全員で分けても最低金貨五枚にはなる。嫁さんや子供のいる俺にはありがたいよ」

十五歳の癖に三十過ぎのおっさんみたいな顔をしたオークマンが豪快に笑う。

「いやいや……そうだ、オークマン。素材回収の指揮はお前に任せてもいいか？」

「がってん。頼まれた！」

もろもろの準備を済ませ、俺は火竜を探し始める。

気配を探ると早速一体見つけた。

「それじゃ、頼んだぞ」

俺の言葉に、オークマンは頷く。

「ああ、任せてくれ」

それからオークマンは冒険者の皆にも声をかけていく。

「皆、今日はケインの兄貴が火竜を恵んでくれるそうだ、感謝しろよ！」

冒険者達は大盛り上がりだ。

「さすが、英雄王！」

「僕、分け前もらったら鉄の装備を新調するんだ」

「私は腕輪でも買おうかしら」

「これで家賃が払える」

「酒場のつけが払えるぞ」

俺は最後の方の言葉に苦笑いしながら、気配を感じた火竜に近づいた。

向こうはこちらに気付いていない。よし！

「ぐるうぅぁっ」

俺は一瞬で火竜の首をはねた。

強力な魔物である火竜の動きも、まるでスローモーションみたいに見える。たぶんこれがリヒトやケイトの世界だ。

絶対的強者の火竜がまるでおもちゃのぬいぐるみにしか思えない。

俺は火竜の死体を、連れてきた冒険者の方に投げて叫ぶ。

「これからたくさん狩るから、解体と回収は頼んだ！」

しかし、なぜか皆の反応が鈍い。

オークマンも皆と同じ顔をしている。

「ケインの兄貴、これで終わりじゃないのか？」

「そんなわけないだろう、オークマン。まだまだ始まったばかりだ。お前のところ、またガキが増えたんだろう？　今日はたくさん狩るからな。お前には世話になりっぱなしだったし少し返すぞ」

「おい、それにしても過剰だって。俺はお前にそこまでの事をしていない」

俺は首を横に振る。

「したんだよ。俺が勇者パーティにいた頃から、お前は腐《くさ》ってた俺を励《はげ》ましてくれた。俺の数少ない友人なんだ。もらってくれ」

どうやら皆は俺が火竜を一体狩りに来たと思い込んでいたらしい。確かに一般的には一体狩るだけでも大変な事だが、それでは俺の修業にならない。

オークマンは諦めたように頷く。

「はあ、わかったよ。おい、お前ら！　不測の事態が起きた。とりあえず、ギルドに戻ってその場にいるポーターを全員連れてこい。後は荷馬車をあるだけ全部持ってくるんだ。解体の得意な者はここに残って作業にかかれ」

「「「「了解！」」」」

俺はオークマンの迅速な対応に感心した。それから彼に声をかける。

「それじゃ、任せた！」

「任されたぞ」

それから数時間後――

「なぁ、火竜って岩場の王者じゃなかったか？」

「普通は騎士が三十人、場合によっては五十人以上で一体と戦うんだよな？」

「そりゃそうだ。あれだけ巨大で強いんだから」

「だけど、あれ……？」

冒険者達の驚きの声を聞きながら、俺は絶対強者の火竜を次々に狩っていく。

彼らの呆然とした様子の会話はなおも続く。

「もう六体目だよな」

「そういえば、この前ケインさんは水竜《すいりゅう》も狩ったって聞いたぞ。本来なら金貨七百枚のところ、解体が下手だったから四百枚になったらしいが」

「確か火竜の方が買い取り価格は高いよな……絶対に一体あたり金貨千枚は下らないよ。何年遊んで暮らせるんだって話だ。後お前、言葉に気をつけろよ……ケイン様だ」

「いや、今まで通り呼んでやれよ。まあ、呼べない奴は仕方ないが。あいつは俺達を仲間だと思っているんだからな」

オークマン、その通りだよ。

俺はその言葉を聞き、いっそう張り切って火竜討伐に集中した。

妻子を養うオークマンの他にも、ここにいる冒険者は食べるものに困る者もいる。

子供冒険者の中には病気の親を抱えた者もいる。

そんな大変な境遇にもかかわらず、皆腐っていた俺を励ましてくれた。

今回は自分の訓練と同時に、お世話になった者に恩を返すための火竜討伐なのだ。

近くにいた火竜を片付けて、俺は皆のところに戻った。

そこでは一組の兄妹が嬉しそうに話している。

「お兄ちゃん、これなら家賃の支払いどころか、新しいお家が買えるね」

「うん、病気のお母さんにも楽な暮らしをさせてあげられる」

俺はその二人に声をかける。

「おい、君達。今度うちにお母さんを連れてきなよ。メルルに診《み》てもらえばたいていの病気はすぐに治る」

「本当ですか？　ありがとうございます！」

「ケイン様、本当に神様みたい」

神様という言葉に俺は苦笑いする。その一人と戦うために修業しているんだよなあ……

気付けば、皆して俺を拝んでいる。

念のため、俺は周囲の気配を探り火竜がいない事を確認。

まあ、このまま続けて全滅させるといけないから、終わりにしよう。

結局、狩った火竜は七十四体だった。

「おい、ケインの兄貴。さすがに悪いから兄貴も好きなだけ持ってってくれ」

「気にするなよ、オークマン」

「いや、気にする。周りを見てみろ」

見渡してみると、いまだに俺を拝んでいる人がたくさんいる。

「だから、どうしたんだ？」

「やはり、お前は変なところで常識がないな。火竜一体あたりの素材の値段は最低で金貨千枚、それを七十四体も狩っているんだぜ。望めば大国のお姫様でも裸でベッドに潜り込んでくるぞ」

「お世辞を言っても何も出ないぞ」

「いや、むしろ出しすぎってくらい出しているから……冒険者はもう女神以上にお前に感謝して一生暮らすから……」

「あははは、大袈裟だよ」

俺はオークマンの言葉を笑い飛ばす。

「まあ、いいや、ケインの兄貴だし。ただ俺もこいつらも感謝している。それだけは覚えておけよ」

「ああ、覚えておくよ。これからも困った事があったらオークマンに相談すると思うから」

「いつでも相談に乗るぜ」

「ありがとう」

その後、俺は皆を引き連れて王都への帰路についた。

◇◆◇◆◇

火竜討伐から何日かが経過した。

その間、これ以上ないくらい訓練をした。

恐らく人というくくりならば、最強と言ってもいいところまで上りつめたつもりだ。

後は、体を休めながら剛腕の到着を待てばよかった。

そしていよいよ四天王の一人、剛腕——名はマモンというそうだ——が来る。

俺はハービアの下僕になったからか、彼女の考えや直感がテレパシーみたいに伝わってくる。どうやら、今日がその時らしい。

蘇生の術を使えるハービアがいる。それだけが救いだ。

「剛腕のマモンが来るみたいだ」

俺は皆をパーティハウスのリビングに集めて告げた。

自分でも意外なほど落ち着いている。

恐怖もない。

これもロードというジョブのおかげかもしれないな。

「ケイン、本当に一人でやるのかい？」

「そうですよ、ケイン様。やっぱりわたしも……」

ケイトとシエスタが真っ先に心配してくれた。

アイシャも真剣な面持《おもも》ちで言う。

「一撃を耐える盾くらいにならなら、私でもなれる」

メルル、アリス、クルダも続く。

「あたしだって回復魔法で……」

「私もできる事はあるはず」

「う、うちは役に立たないかもですが」

仲間達が心配してくれるのは嬉しい。だが……

「大丈夫だ。天使長のハービアが命の保障はしてくれてるし、何度も言うようだけど剛腕のマモンは俺と一対一の戦いを望んでいる」

「……わかった。僕達は近くで応援しているから、頑張って」

俺は手を挙げて〝任せろ〟と伝え、パーティハウスを後にした。

◇◆◇◆◇

「来る。四天王の一人、剛腕のマモンが」

ケインがパーティハウスを出発する直前、王城でハービアが呟いた。

それを聞いた国王アレフド四世は青い顔になり、他の者もざわめき出す。

「ハービア様、それは本当でございますか？」

国王は絞り出すような声で尋ねた。

「ええ、もうじき到着するわ。手出しは無用よ。いいわね？」

「なぜです！　それではこの国は滅んでしまう」

焦りの声を上げる国王。しかし、ハービアは涼しい顔を崩さない。

「マモンは自分に対抗しうる人類、英雄王かつロードのケインを試すために来るのよ」

「ケイン殿の力を試すため、ですか」

「そう。ケインと戦うだけだから、他の人間には手を出さないはず。けれど、そこに割って入るならこの国は滅びるでしょうね」

「そんな……また、またこの国は、ケイン殿に頼るしかないのですか？」

国王は恥じていた。

自分は、どれほどケインに無茶ぶりしているのだろう。ハービアの一件だって、自分のせいで今の状況に陥っている。国王はその自覚だけはあった。

それなのにケインは自分を生かし、今までと同じ生活を送らせてくれる。

最近の国王はケインに感謝し、自分の身を正そうと思うようになっていた。

ハービアが国王に答える。

「気にする必要はないわ。私も主《あるじ》としてケイン側につく。それに、もしケインが剛腕のマモン相手に善戦すれば、世界が救われるかもしれないんだから」

「それもハービア様の直感ですか？」

「そうね……なんとなくではあるけど。今回はケイン一人で戦う事に意味がある。私はそう思っているわ」

実のところ、ハービアと剛腕マモンは親交があり、そもそもマモンはシュベルター王国に攻めに来るわけではない。

だが、それを知っているのはハービアと、ケインを含むごく一部の人間だけだ。

ケインの力を試しに来るのを、国王達が誤解しているだけなのだった。

何も知らない国王が緊張した顔で頷く。

「そうですか。ならば、我が国の英雄王ケイン殿に人類の運命を任せるしかありませんな」

英雄王であるケインが世界を救う。

それは傀儡とはいえ、シュベルター王国を治める国王にもメリットがある。

もしケインの勝利が実現すれば、国王も他国の王より大きな存在となるだろう。

天使長がいて、英雄王がいるこの国こそ、世界の中心になるのだ。

国王はケインに感謝しているし、以前の自分がしでかした事を反省もしている。だが、自分のところに転がり込んでくる利益をみすみす逃すつもりはなかった。

ケインとハービアに媚《こ》びて媚びて媚びまくる。

ケインと剛腕との戦いはいわば、ケインの晴れ舞台。彼が剛腕を倒せばインパクト抜群の話題が作れる。

もはや、世界は勇者を必要としていない。

四天王のうち二人を無力化したケインこそが、真の勇者だ。

そして、剛腕との一戦は、このシュベルター王国に、ひいては世界中に影響を及ぼす重要な戦いになるはず。

だからこそ自分や貴族が、その戦いを世界に伝えなければ。

これで、もはやルーンガルド帝国など気にする必要もなくなる。

国王は欲望を胸に秘め、今回の戦いをどう世界に知らしめるべきか、考えを巡らせていた。

◇◆◇◆◇

まるで岩のような男がシュベルター王国へと歩いてきていた。

ひと目見れば、それがただ者でない事は誰でもわかるが、剛腕のマモンであるとは知らない。

王国に着くなり、マモンは王都に入る門へ向かう。

さっきまで検問を受けるために並んでいた人間は、恐怖から全員逃げ出してしまった。

逃げなかったのは、腰を抜かして歩けなくなった者だけだ。

「た、助けてくれ！」

そのうちの一人が、尋常ならざる雰囲気に思わず助けを求めた。

しかし――

「黙れ……黙らないなら殺す」

その瞬間、周りの人間は一切言葉を発しなくなった。

本当に一言でも話したら殺される。皆、本能的に感じ取っていた。

王都に入り、王城へ向かう剛腕マモン。到着するなり、門番に命令する。

「ここだな。おい、門番、ケインをすぐに連れてきな」

「あっあああ……」

恐怖のあまり言葉が出ない門番に、マモンはさらに圧力をかける。

「今日の俺は気分がいいから、まだ殺さないでやる。さっさと呼べ」

ここで門番は気を取り直した。

事前に連絡があり、マモン襲来は知っていた。

その時に教えられた通りに対応する。

「か、かしこまりました。すぐに英雄王を呼んでまいります」

そう言うと、もう一人の門番に目配せして走り出した。

残っている者は気が気じゃない。

何しろ、竜種以上の化け物が目の前にいるのだから。

「あ、あの、マモン様……お茶などはいかがでしょうか？」

「ほう、気が利《き》くな。馳走《ちそう》になろうか」

あらかじめ聞いていた情報によると、マモンは酒よりも茶を好む。門番達には知る由《よし》もないが、天界ではかなりの茶通で通っていたらしい。

門番に出された茶を一口すすり、マモンはほうと息を吐いた。

「うむ、これはなかなか美味いな。人間界にあるものではかなり高級な部類だろう」

「お褒めいただき、ありがとうございます」

だが、とマモンは続ける。

「淹《い》れ方がなっていない。まあ、もてなすつもりなのだろうから文句は言わぬ」

一瞬恐怖に身がすくんだ門番だったが、ほっと胸をなでおろした。

「大変申し訳ございません。次からは気をつけますので……」

「よい」

それからケインがやってくるまで、しばらく緊張の時間が続くのだった。

◇◆◇◆◇

「お待たせいたしました」

俺――ケインはマモンの待つ王城の入り口へと彼を迎えに上がった。

「遅いぞ、ケイン。さあ、今すぐここで……」

俺は勇気を振り絞ってマモンの言葉を遮《さえぎ》る。

「お、お待ちください」

「なんだ、臆《おく》したか？　これだから人間は」

「い、いえ、〝せっかくなのでコロシアムで行おうではないか〟というハービア様からのご提案です」

「なるほど、ハービアの……ならば、コロシアムに案内せよ」

「はっ」

なんとかファーストコンタクトは成功したようだ。

王城の敷地内にある修練場、通称コロシアムまでは徒歩で向かう。

マモンの巨体を乗せられる大きさの馬車がなかったからだ。

「ほう、ここか」

「はい」

目的のコロシアムに到着し中に入ると、ハービアが待っていた。

シュベルター王国国王や俺のパーティメンバーなどの関係者、その他の貴族は特別観覧室にいる。

マモンがハービアに声をかける。

「久しいな、ハービア」

「そうね、久しぶり。どう？　これが今の私の下僕、ケインよ」

「なかなかの面構《つらがま》えだな。下級の天使くらいの力はありそうだ」

ハービアは満足げに笑ってから、マモンに忠告する。

「あまりいじめないでね」

「わかっておるわ」

「後、少しは花も持たせてやってちょうだい」

「くどいぞ。俺は戦えればそれでいい」

マモンは観客に聞こえるように声を張り上げる。

「人間共よ！　ようやく俺に対抗できる人間が現れたと知り、俺はここに来た。最強の人類ケインとの戦いに水を差す事はならん。もし割って入るなら、我が配下の魔族がこの国を襲い滅ぼす。だが、ケインが俺に強さを示せば褒美をやる。いいな？　従うなら沈黙で示せ」

誰も言葉を発しない。

それもそのはず。皆、恐怖で体が縛られたように動かないのだ。

その様子を見たマモンは黙って頷くと、俺を見据え構えた。

「さて、ケイン。どこからでもかかってくるがいい」

「それでは胸を借ります」

それを開始の合図と受け取った俺は、魔剣《まけん》イーフリータを振りかざし突進する。

この剣は、ケイトから借りたものだ。勇者が使う聖剣《せいけん》を除けば、最高の剣と呼ばれている。

刃《やいば》に炎を纏っている。火の精霊の力が宿っているのだ。

今までで最高だと確信できる踏み込みで、上段からマモンに斬りかかった。

この一撃に全てをかける。

だが、結果は――

「つまらぬ」

そう言うと、マモンは軽く手を振って俺の剣を払った。

その瞬間、最高の剣であり剣聖ケイトの愛剣イーフリータは、ポキッと音を立てて折れてしまった。

なんてでたらめな力なんだ……だがショックを受けている場合ではない。

このままでは終われない。

俺は手に気を集中させ、そのまま両手で突きを放つ。

「光の翼！」

勇者が使う剣技、光の翼。奥義を俺なりにアレンジし、聖なる光を手に纏わせて突きを繰り出す応用技だ。

しかし、それすらマモンの前では無意味だった。

「効かんな……死ね」

一瞬、何が起きたのかわからなかった。

どうやら軽く振られたマモンの手刀で、俺の首が飛ばされたらしい。

空高くはね上がった視界に、自分の体が映った。

走馬灯のように自分の人生が思い出されていく。

「パーフェクトヒール」

ハービアの声が聞こえた。

すると、視界が元に戻り、何事もなかったかのように意識と体がそこにあった。

「あ、あれ……俺は今……」

「ええ、首をはねられ死んだわ。よかったわね、私の下僕で。さあ、せっかく生き返らせたのだから行くのよ、ケイン」

「ちょ、ちょっと……」

「生意気な四天王マモンを叩きのめしなさい」

ハービアは意地悪く笑っていた。下を向いているが〝プークスクス〟と笑い声が聞こえてるよ。

マモンもにやにやしながらこちらを見ている。

人間にとっての世紀の一戦が、実は天使長と剛腕によるただの遊びだとは、誰も思わないだろう。

「諦めの悪い人間め。これほどの力の差がありながら戦い続けるのか。ならば来るがよい」

マモンはこの戦いを見ている全ての人に届くよう声を張った。

いや、これはもうただのいじめだ。

天使長と武神が俺をおもちゃにしています。

誰か助けてください……

ハービアがにやついたまま言ってくる。

「あなたに特別に武器を与えるわ。さあ、我が従者ケインよ、この剣を使いなさい」

そう言ってハービアは、とても綺麗な剣を渡してきた。

「この剣は？」

「聖剣よりもさらに強力な神剣《しんけん》よ。名前はそうね……〝ハービアの剣〟と名付けましょう」

「これはいったいどんな剣なのですか？」

俺が尋ねると、ハービアは俺にだけ聞こえるような小声で言う。

「私も知らないわ。私が勝手に天界から持ち出したものよ。武神にあげようと思ったんだけど、いらないらしいから私が持っていたの。ただ、天界にあったという事は間違いなく聖剣より良いもののはず」

思わずため息をついてしまいそうになるが、なんとか堪《こら》えて頭を下げる。

そして、再びマモンに向かい合った。

「ほう、小僧。人間でありながら神剣まで使うか」

俺がハーピアの剣を構えると、剣はキラキラと輝き始める。

すると――

《おい、未熟な小僧！　力を貸してやるから我が主となれ》

突然頭に響いてきた声に驚き、聞き返す。

「だ、誰ですか⁉」

これは、テレパシーの魔法か。言葉を発さずとも意思疎通ができる魔法。だが、剣にそんな魔法が使えるとは思ってもいなかった。

《お前の持つ神剣〝七星神剣《しちせいしんけん》〟だ。小僧、しばらく体を借りるぞ》

《そ、それはどういう……》

俺もテレパシーで尋ねる。

なんでも、七星神剣には他の神剣にはない能力があるらしい。

それは、主の体を操り戦う力。

これは天界の女神以外、誰も知らないそうだ。

俺ではマモンに勝てないと踏んだ七星神剣は、俺の体を乗っ取って戦いたいとの事。体を操られている最中も意識はあるという。

確かに今のままだと勝ち目はなさそうだから、試してみるか。

《じゃあ、頼んだよ。七星神剣》

《了解した》

その後、一瞬にして俺の意識が体を離れる。高いところから自分を俯瞰《ふかん》しているような感じだ。

「それでは参る。七星流星剣《しちせいりゅうせいけん》！」

体を乗っ取られると、自動的に七星神剣の情報が頭に流れ込んでくる。

この流星剣は、かつて七星神剣を所持していた者が使っていた技みたいだ。

まるで流星のような斬撃で、俺はマモンに斬りかかる。

「ほう、先ほどとは別人のような動きだ。ここまでの速さを見せた者は、俺の記憶にはない。よくここまで鍛《きた》えたな」

だが、マモンはそれすらも難なくかわして、殴りかかってくる。

その打撃が当たると……

「えっ、いつの間に意識が戻って……」

気が付いたら上半身が千切れた状態だった。

とてつもない痛みが全身を襲う。

「うわあああああああああっーーー」

意識が飛ぶ……そう思った瞬間――

「パーフェクトヒール」

ハービアの術で再び俺は生き返った。

すると、七星神剣が頭に直接語りかけてくる。

《小僧、あれは駄目だ！　さすがは武神、歯が立たん》

《ちょっと！　あんたは神剣だろ！》

《まあ、殺されないだけよかったと思え。正式な主となったのだから、儂《わし》の知識は主にも共有されているだろう。それで頑張ってくれ》

《そんな……》

「ケイン、何をブツブツと言っているのかしら？　ただ、さっきのは少し見直したわ。続き、頑張りなさいね」

そう言うと、ハービアは俺の背中を押した。

マモンも満足そうに頷いている。

「俺に傷を与えた人間はお前が初めてじゃないか？　ほら、見てみろ」

よく見ると、マモンの顔をほんのちょっぴり切ったみたいだ。

どうやったかわからないが、神剣が何かやったのだろう。

俺は殺される恐怖に怯えながら、再度剣を構えた。

◇◆◇◆◇

その頃、観客席では自由の翼のメンバー達が驚きの表情を浮かべていた。

「嘘だろう……あれほど速い斬撃すらも効かないなんて」

呆然とするケイトにアイシャが尋ねる。

「ケイト、あの剣は見えたか？」

「辛うじて目で追えるレベルだよ。あんなの僕でもかわせない」

「凄いです！　さすがはケイン様、あそこまで剛腕を追いつめるなんて」

シエスタが興奮気味に身を乗り出した。

「違うよ、シエスタ。剛腕はまだ遊んでいるだけだよ……うん、猫がネズミや虫をおもちゃにしている感じかな」

ケイトの言葉にシエスタは愕然《がくぜん》とする。

「そんな……」

「真実ね。その証拠にケインは剛腕にもう二回も殺されている」

「アリス……何か手はないのですか？」

メルルが今にも泣きそうになりながら尋ねるが、アリスは首を横に振る。

「無理よ。いくら考えても勝てる方法が浮かばない。ネズミをドラゴンに勝たせる。そのくらいの力の差があるの」

アイシャが話を引き取って続ける。

「今やケインは人類で一番強いと言っても過言ではない。少なくとも勇者パーティ全員で戦っても、ケインには勝てない。だが……」

「それでも、剛腕には届かないのですか？　そんなケインでも……」

クルダも悔しそうに歯噛みする。ケイトが頷いた。

「うん、四天王であれじゃ、もう魔王を倒せる人類はいない。僕は断言するよ。人類は終わった」

剛腕ですらこの強さ。それを実感した自由の翼のメンバーには絶望が広がっていった。

◇◆◇◆◇

起き上がるたびに死ぬ。そして生き返る。

俺――ケインは死の苦痛を受けつつ、体は万全というちぐはぐさに混乱していた。

「七星彗星剣《しちせいすいせいけん》！」

頭に自然と流れてくる情報によれば、これがこの神剣の記憶にある最強の技だ。

一撃に全てをかけるこの技なら……

「今までで最高の一撃だ。人の身でよくそこまで上りつめた。今のお前は天界のアークエンジェル程度の力は持っている」

マモンは感心した様子で言った。

褒められたのはいいが、その技をかわしながら頭を握り潰すのはやめてもらいたい。

七星神剣のおかげで、生まれ変わったみたいに強くなっているのはわかる。

だが、それでも武神である剛腕マモンには届かない。

もう何回死んだのだろうか？

百回近いんじゃないか？

ここまで死を経験すると、そんな事を考えられるくらいには余裕ができる。

ふと、皆がいる観客席を見る。

あはは、ケイトが泣いている。シエスタもアイシャもアリスもメルルもクルダも泣いている。

どうにかしないと……あいつら、今にも飛び出してきそうだ。

俺は七星神剣に語りかける。

《神剣、もう何もないのか？　秘められた力とか……》

《儂の特性は意識を失った所有者の代わりに体を操り戦う事。そして、過去の所有者の技の記憶を伝える事だ。それ以上でもそれ以下でもない》

《なら、最大の奥義でも教えてくれ》

縋《すが》るような気持ちで尋ねるが、答えはあっさりしていた。

《さっき使った〝七星彗星剣〟。あれが最強の技だ》

《そうか……》

《すまぬな。相手は武神だ。ここまで戦えるだけで見事。それしか言えぬ》

気持ちを整理する暇もなく、マモンが声をかけてくる。

「さあ、次は何を見せてくれる。ロードケイン」

俺は正直に答える。

「もう、何もない。だからこの一撃に想いを込めて斬る。行くぞ……七星彗星剣！」

想いを込めて、今までで最高の一撃を放った。

だが、それすら通用しなかった。

「見事である」

今度は殺されずに、そのまま抱き抱えられた。

「見事である、ケイン」

マモンは繰り返すが、もはや俺に話す気力はなかった。

すると――

「聞け、人間共よ！　お前らの代表である英雄王ケインは、この通り俺に歯が立たなかった。だが俺は人間を見直した。俺の正体は武神マルスだ！　人間に絶望して魔族につく事にした神の成れの果てだ。お前ら人間は醜く、生かしておく価値など感じなかったからこそ魔に寝返った！」

マモン改め武神マルスは続ける。

「だがな、ここに命をかけて俺と戦う男がいた。この男は何度殺しても心折れずに俺と向き合い続けた」

誰もがマルスの話を静かに聞いていた。

「だから、俺は最初に言った褒美をこの男に与えようと思う！　これから五千年の間、人間から魔族を襲わない限り、魔王は人間を滅ぼしに来ない。この約束を俺が責任を持って取りつけてやろう。だが、五千年後、俺が武神マルスとして振る舞うか、剛腕のマモンになるかはお前ら次第だ。俺はこの人間ケインを気に入った。五千年の猶予《ゆうよ》。それがこの男への褒美だ」

それだけ言うと、剛腕マモンこと武神マルスは俺を下ろし、コロシアムを立ち去っていった。

しばらく、誰もが静かにしていたが……

「「「うわあああああっ、英雄王万歳！　ロードケイン万歳！」」」

歓声が聞こえてきた。

そして次の瞬間、俺は仲間にもみくちゃにされていた。

ハービアがぞくっとする笑みを浮かべているが……今は戦いが終わったという安堵《あんど》を噛みしめようと思う。

◇◆◇◆◇

武神マルスとの戦いから数日——

今日、俺はハービアに呼ばれて王城に来ていた。

謁見《えっけん》の間では、ハービアとマルスが待っていた。

「これはいったいどういう事ですか？」

今回の戦いがハービアの単なる遊びである事はわかっていたが、それも終わったはず。それともまだ何かあるのだろうか。

「よく来たわね、ケイン。人払いもしてあるし、サイレントの魔法をかけたからここの会話は絶対に誰にも聞こえないわ」

「それほど重要な話なのですね」

「そうね、この世界の根幹に関わる話だからね」

そこまで大切な話なのか……いったいどんな内容なのかと構えていると、マルスが口を開く。

「俺から話してやろう。まず、俺とハービアが魔王相手に戦ったのは知っているか？」

「はい、ハービア様からお聞きしました」

俺は頷いて答えた。それにしても、あれだけ酷い目に遭わされたというのに、会ってみれば意外と普通に話せるもんだな。

「そうか、それなら話が早い。あそこにいた魔王は、もはや魔神とか邪神に近い存在だったのだ。俺とハービアではとても手に負えなかった」

魔神や邪神は神様ではあるが、女神が管理するこの世界を滅ぼそうと画策する存在でもある。以前ハービアからそんな話を聞いた事があった。

「魔王はそれほど強力な存在だったんですか？」

「まあな……俺がお前をフルボッコにした以上にボコボコにされたよ。そして、魔王が人類を滅ぼすのはもう確定らしいのだ。俺が見た感じ、あれは女神様が出張ってきてももう無理だ」

聞いてはいたが、やはり魔王はかなり強いみたいだ。俺はマルスに尋ねる。

「それではもう手の打ちようがない。そういう事ですか」

「そういう事だ。だが、魔王ほど高位の存在は、時間の感覚が人間とは違っている」

「というと……？」

「まあ結論を急ぐな。お前が知っているかはわからないが、ハービアのような天使長や武神の俺にも寿命はある。大体一万五千年くらいだ」

「人間とは比べものにならないほど長いのですね……人間の俺からしたら無限の命に思えます」

マルスは頷く。

「確かにそうかもな。だが、邪神に近い魔王やその息子は寿命がないんだぞ」

衝撃の事実に、俺は思わず繰り返す。

「寿命が、ない……？」

「ああ。そこで俺は、いつ人間の世界を滅ぼすのか聞いてみたんだ。そしたら、俺達の寿命が終わった後でいいという話になってな。具体的には二万年後と言っていた」

「そ、それで？」

俺が続きを促すと、マルスは言葉を継ぐ。

「二万年後には確実に人間の世界は滅びる。だがそれは逆に、人間が魔族に手を出したりしなければ二万年は滅びない、という事を意味する」

「それで、あの芝居ですか？」

五千年の猶予などとよく言ったものだ。

まあ、それで皆が安心できるのなら俺が何度も死んだかいがあったか……

「そうだ。だからお前も安心して暮らすといい」

「そうですね……短い人間の人生を俺も仲間と共に楽しませていただきます」

すると、唐突にハーピアが口を挟んだ。

「そうね、八百年くらいの人生、楽しんでちょうだいな、私の下僕としてね」

は？　今なんて？

「は、八百年？」

俺が尋ねてもにやにやするだけのハービアに代わって、マルスが説明する。

「ああ、ハービアの眷属《けんぞく》で俺の加護もあるから、そんなものだろう？　気付いてないか？　なかなかいい戦いをするから俺から〝達人《たつじん》〟のスキルを加護として与えた。これでどんな武器も自由自在に操れるはずだ。次の戦いを楽しみにしているぞ」

……は、はは。もうどうでもいいか。

「……ありがとうございます」

話し終えると、もう下がっていいと言われたので俺は王城を出た。

少なくとも自分が生きている間の平和が約束され、人間では史上最強になったのに、雑用係みたいな役回りだと感じてしまうのはなぜだろうか？

◇◆◇◆◇

ケインがしょぼくれて王城を後にした日——

剛腕を倒したと思い込んでいるリヒト達が帝都に帰ってきた。

彼らは町の雰囲気がおかしい事にすぐに気付いた。

経由した町から知らせを送っているので、四天王の一人を倒した勇者パーティの凱旋《がいせん》に本来町は沸き立っているはず。

だが、町はいつもと何も変わらない。

門番の対応も普通だった。

「これはどういう事なんだ？　俺達は剛腕を倒したのに……」

不満げに漏《も》らすリヒトに、エメルダとメテルが頷いた。

「確かにこれは妙ですね。城に確認しに行きましょう」

「さすがにこれはありえないよ！　帝王様に文句を言わなきゃ」

しかし三人とは違って、リタとソニアはある疑問を抱いていた。

〝あの剛腕がこんなに簡単に倒せるのだろうか〟

ケインは勇者パーティにいた頃、よく言っていた。

〝今のままじゃ四天王には絶対に勝てない〟と。

それがあんなに楽に勝てるのだろうか？

ケインが嘘を言っていたとは思えない。

まして、今はケインと剣聖のケイトもいない。

確かにメテルやエメルダも強いが、二人に比べたらはるかに格下だ。

浮かない顔をしている二人に気付いたリヒトが声をかける。

「どうしたんだ、ソニア、リタ」

「なんでもないわ」

「ええ」

リヒトはそうかとだけ答えて、また前を向いた。

リヒト達が到着した時、城内はとても忙しそうだった。

だが、さすがに勇者パーティ、すぐに謁見の間に通された。

帝王を前に、リヒト達は頭を垂れる。

「久しいのう、勇者リヒト。剛腕のマモンを討ち取ったそうだが、まことか？」

リーダーのリヒトが代表して答える。

「はい、ここに首を持ってまいりました」

すると、帝王は急に表情を険しくして側近に命じる。

「おい、すぐに首をあらためろ」

「帝王様、これはいったい？」

態度が急変した帝王に困惑する勇者パーティ一行。帝王は彼らを一瞥《いちべつ》して言う。

「情報によると、剛腕のマモン、いや武神マルス様は、シュベルター王国の王都で英雄王ケインと戦っていたそうだ。だが、リヒト殿は討ち取ったと言う。だから首を検分させてもらう」

しばらくして魔族の専門家が結論を出す。

「申し上げます。この首は剛腕マモンではなく、その側近ソルダムのものと思われます」

「そうか、わかった。下がっていいぞ」

帝王はリヒト達に向き直る。

「勇者リヒトよ。この首はマモンのものではないそうだ。間違えたようだな」

「そんな、それじゃ……」

「もう四天王とも魔王とも戦う必要はない。勇者パーティは解散だ。そのまま冒険者をするなり、田舎に帰るなりするがいい」

「俺達は用済みという事ですか？」

「リヒト殿は知らないだろうが、これより五千年間、魔族と人間が争う事はなくなった。だからもう勇者パーティはいらぬよ」

帝王はケイン達の事を軽く説明した。

リヒトの顔がどんどん絶望の色に染まっていく。

「俺達はこれからどうすればいいのでしょうか？」

「帝国は支援を打ち切る。魔族の脅威《きょうい》がなくなる以上、財政を圧迫してまで勇者パーティに金を出す意味はないからな。その代わりそなた達は自由だ」

だが、と帝王は続ける。

「活躍はしなかったが、一応は勇者パーティだ。いくばくかの報奨金は与えよう。メテル、エメルダ。二人は今後どうする」

「私はこのままリヒト様と共に参ります」

「私も同じです」

エメルダとメテルの言葉に帝王は頷く。

「ならば、勇者リヒトにはその二人と金貨五十枚。聖女ソニアと賢者リタにはそれぞれ金貨百五十枚を与える。それを持ってどこへでも行くがいい」

仕方ないから金はくれてやる。リヒト達はそんな扱いで城を追い出された。

本来ならリヒト達だって十分な戦力だ。

貴族の地位を与え、騎士団長や宮廷《きゅうてい》魔術師《まじゅつし》、宮廷《きゅうてい》治療師《ちりょうし》に仕官させて当たり前だ。

だが、ケインの戦いの衝撃はあまりにも大きかった。

その結果、帝王は勇者が強いという事実を忘れ、彼らを解散させる暴挙に出てしまったのだった。


リヒト達は城の外で呆然としていた。

帝王の話によると、ケインが全てなんとかしてしまったらしい。

リヒトは勇者になる前もなってからも、ケインを頼っていた。

〝ケインが全部解決してくれる〟。そんな風に思い続けていた。

子供の頃、リヒトがいじめられていたら、棒切れを持っていじめっ子を撃退しに来てくれた。

兄みたいだったケインに、結局リヒトは勝てなかった。

「それでお前達はどうするんだ」

複雑な胸中を悟られないよう、リヒトはパーティメンバーに尋ねた。

「勇者パーティは解散だし、私はとりあえずケインに会いに行くわ」

「私もそうしようかな？　彼には謝らないと」

ソニアとリタはそう答えた。

「それで、リヒトはどうするの？」

リヒトは少し考えてから返す。

「俺はメテルとエメルダと冒険者でもするさ。金はわずかしかもらえなかったが、一応Sランク冒険者だ。金を稼いでこいつらと楽しく暮らすよ。ここでお別れだな」

こうして勇者パーティは解散した。

リタとソニアはケインに会うためにシュベルター王国に向かう。

「はぁ～憂鬱だよ」

「まあね……でも、ちゃんと謝らないと」

「ソニアはまだいいよ。私は酷い事言ってケインを振っちゃったんだよ？」

「とにかく、顔を合わせて頭を下げるしかないわ」

そんな事を話しつつ、二人はのんびりと歩を進めるのだった。

◇◆◇◆◇

パーティハウスの自室でくつろいでいると、シエスタがノックして入ってきた。

「ケイン様、あのお客様が……」

「客？　今日は何も予定はないはずだけど」

「それが、その……」

言葉に迷っている様子のシエスタ。俺は不思議に思って、とりあえず玄関に出る事にした。

すると——

「ケイン……」

「あれっ、ソニア!?　それに後ろにいるのはリタ？　本当に久しぶりだな！　元気にしていた？」

ソニアとリタは少しバツが悪そうに答える。

「まあね……うん、元気ではあるわ」

「勇者パーティも解散したし、命が助かったという意味では元気だよ」

勇者パーティが解散!?　いったい何があったんだ……それにリヒトは？

聞きたい事は色々あったが、ひとまず二人をリビングに通した。

ソファに座って改めて尋ねる。

「それで、今二人は何をしているの？　行くあてはあるの？」

ソニアが全てを諦めたように笑う。

「あははは っ……何もしていないわよ」

「うん、何もしていない。今日も町の人に聞いてここに来ただけだし」

リタも呟くように言った。

二人共、見た感じ凄く汚れている。

勇者パーティは贅沢こそできなかったものの、お金に困っていなかったはずなのに、なんでだろう？

しかし、そんな疑問は二人から事情を聞いているうちに解消された。

「そっか、散々だったね……あの、さ。もし暇をしていて、行くところがないならうちに来ない？」

彼女達がパーティを解散させられたのは、俺の責任でもある。追放された時こそ激昂《げきこう》したが、俺はリヒト含め勇者パーティの皆に不幸になってほしいわけではないのだ。

ソニアとリタは揃って首を傾げている。

「「ケインのところ？」」

「そう、俺のパーティ自由の翼だ。仲間も皆いい奴ばかりだし、ケイトもいる。どうかな？」

「本当に……本当にいいの！　ケイン……ありがとう」

ソニアは顔を覆って泣き始めてしまった。

そして、リタは――

「ケイン、その、ごめんなさい。あの時、嫌な事を言ってしまって」

俺とリタは昔男女の付き合いをしていた。だが、俺は勇者パーティから追放される際、彼女に こっぴどく振られている。

でも、どうせリタの事だ。感情が高ぶって言ってしまっただけだと、幼なじみの俺にはわかって いた。

「別に気にしてないよ……これから皆で楽しく暮らそう」

「「うん」」

「それじゃあまずは、皆に挨拶だな」

俺はメンバーの部屋を回って全員をリビングに集めた。

「皆、紹介するよ。リタとソニアだ。新しくうちのパーティメンバーになった」

「ふぇ、聖女様に賢者様!?」

シエスタが驚きで固まっている。自分が対応した客が、まさか勇者パーティの元メンバーだとは 思わなかったのだろう。俺は苦笑いして言う。

「気にする必要はない。ケイトと一緒、パーティメンバーの中に上下はないからな。それにシエス タだって、今や戦乙女のシエスタとして下手すれば俺より有名人だろ」

「違います、あれは勝手に噂が一人歩きして……」

シエスタの言い訳をリタとソニアが遮る。

「初めまして、シエスタさん。リタです」

「あなたは十分有名人よ、シエスタさん。噂は帝国まで届いていたわ。私はソニア。呼び捨てでいいわよ」

それから他のメンバーも順々に挨拶していく。

ケイトは若干不満そうな顔をしていたが、やはりそこはかつての仲間。すぐに元通りとはいかないまでも、徐々にその表情は柔らかくなっていった。

「じゃあ、リタとソニアの部屋を決めよう。シエスタは悪いけど、風呂を沸かして軽食を用意してくれるかな？」

「はい、承知しました」

そうして、俺は二人をパーティハウスの余っている部屋に案内した。

「この二部屋でどうかな？　一応家具もあるし、すぐにでも生活できると思うけど」

その部屋を目にした二人は目を見開いて驚いている様子。

「ケイン……こんな豪華な部屋、本当にいいの？」

先に我に返ったソニアが尋ねてきた。

「ああ、気にしないでいい。それと、この後風呂が沸いたら入れよ。自慢の風呂なんだ。今日はゆっくりしてて。その代わり、明日から三日間はちょっと俺に付き合ってもらう」

「うん、ありがとう」

「ありがとう」

二人は嬉しそうに頷いて礼を言った。

◇◆◇◆◇

翌日の朝——リビングでシエスタに淹れてもらった紅茶を飲んでいると、リタとソニアが起きてきた。

「リタ、ソニア、昨日はよく眠れた？」

「こんないいベッドで寝たのは久しぶりだよ」

「ええ、久しぶりにぐっすり眠れたわ」

二人はとても満足げだ。

こうして考えると、本当に勇者パーティって過酷だよな。

身につけている服だって、遠慮して高いものは買わないシエスタよりもさらに質素だ。

しかも、肌や髪の手入れも随分雑だな。

「どうしたのケイン、急に見つめて」

リタが不思議そうに首を傾げた。

「いや、なんでもない！　なんでもないんだ」

お金やものなんていくらでもあげる事はできる。

だけど、それじゃ駄目だ。

俺は彼女達を憐《あわ》れんでいると思われたくなかった。

話題を変えて、今日の予定について告げる。

「他の皆はまだ寝ているけど、今日はこれから魔物の討伐に行こうと思うんだ。付き合ってくれる？」

ソニアとリタは頷いて答える。

「そうね、ただ飯食らいは気が引けるし付き合わせてもらうわ」

「もちろん私も行く」

「よし、それなら頼んだ」


俺とソニアとリタは、借りた馬車に揺られて目的地に向かっている。

毎回、火竜の時のように人を集めるわけにもいかないから、魔法を使わずとも物を収納できる〝収納袋〟を持ってきていた。

「ケイン、それで今日は何を討伐するの？」

「そういえば聞いてなかったわね」

二人に尋ねられ、俺は今日の目的地を明かす。

「風竜峠《ふうりゅうとうげ》ってところに風竜を狩りに行こうと思う」

すると、二人は驚きの表情を浮かべた。

「風竜？　そんな大物を何も準備しないで……危ないわ」

ソニアの言葉に、リタもうんうんと頷いている。

「そうだよ！　ケインが前に勇者パーティにいた時、リヒト含め五人で戦っても一体狩るのに怪我したじゃない」

確かに以前はそんな事もあったな……しかし、俺は首を横に振る。

「大丈夫だよ。とりあえずソニアとリタは俺の支援に徹してくれる？　危ないと思ったら二人が俺を止める。それならいいだろ？」

「まあ、それなら……」

「わかったわ」

しばらく馬車で進むと風竜峠に着いた。

この場所は大きな塔のような岩がたくさんあり、無数の風竜が棲みついている。

風竜は火竜と違い火は吹かないが、かなり素早い。そして大きさは火竜の数倍はある。

黒竜《こくりゅう》という伝説に近い種類を除けば一番凶暴なのが風竜だ。

「ソニア、結界で守りを固める事はできる？」

「まあこれでも聖女だから、攻撃を防ぐだけなら問題はないわ」

俺はリタの守りをソニアにお願いして飛び出した。

「七星流星剣！」

そう叫ぶと無数の斬撃が空中に飛んでいく。ただの剣の一振りで二十体近くの風竜が落ちていく。

凄いな、これ。武神マルスには全く通じなかったのに。

せっかくだから、さらにもう一振り！　今度も同じくらいの数の風竜を仕留めた。

数えてみると、たった二振りで三十八体の風竜の死体が積み上がった。

うん、十分だ。

「終わったよ！　帰ろうか」

俺がソニアとリタに声をかけると、二人はぽかんと口を開けてこちらを見ていた。

「竜種をこんな簡単に狩れるなんて……もしかして、ケインは既に魔王より強いんじゃないの？」

「私もそう思うわ」

ソニアもリタの言葉に賛成みたいだ。

しかし、彼女達は俺が武神マルスと戦ったところを見ていないから、そんな事が言えるんだ。あのマルスが勝てなかった魔王に、俺が勝てるわけがない。

「聞いているかどうかわからないけど、俺がマモン――武神マルス様と戦った時、何回死んだと思う？」

「嘘!?　死んだってどういう……」

「なら、なんで生きているの!?」

俺の事を幽霊《ゆうれい》か何かだと思ったのか、ソニアとリタは後退《あとずさ》る。

「天使長ハービア様が蘇《よみがえ》らせてくれたんだ。さすがにハービア様の事は知っているだろ」

「知っているけど……天使長ともなると死さえ退けてしまうなんて。聖女の私でも考えられないほど強大な力ね」

「そ、それで何回殺されたの……？」

リタが恐る恐る尋ねてくるので、俺は正直に答える。

「たぶん、百は優に超える。それくらい全く歯が立たなかったんだ」

その後、ハービアと武神の事を説明しながら、二人のパーティ登録と風竜討伐の報告をしにギルドへ向かった。


王都のギルドに到着した俺は、早速用件を済ませる事に。

「それじゃ、まずパーティの登録をしようか」

「あの……今さらだけど、本当にいいの？」

「私も酷い事言っちゃったのに……」

ここにきてもまだソニアとリタは遠慮ぎみだ。

俺は笑って答える。

「気にしない、気にしない。幼なじみだろ。もちろん嫌だったら無理にとは言わないけどね」

二人はぶんぶん首を横に振る。

「そんな事はないわ。絶対にない」

「私だって！」

それをパーティ加入の意思と受け取った俺は、カウンター越しに声をかけた。

「すまないが、パーティ登録をお願いできるかな」

だが、今はかなり忙しいらしく、なかなかこちらに人が来ない。

「すみません！」

もう一度呼びかけて、ようやく一人の受付嬢が反応した。

「申し訳ございません。今忙しいので後にして……えっ、ケイン様！」

「パーティ登録をお願いしたいんだが……難しそうだね」

「い、いえ、ケイン様なら……ってえええええっ⁉　聖女ソニア様に賢者リタ様⁉　わわわわわ、わかりました。すぐに手続きします。これは国王にも報告……」

登録するメンバーに驚いている受付嬢に、俺は苦笑いだ。

「慌てないで。王城への連絡は後でお願いするとして、今はメンバー登録が先だ」

「わかりました。それでは、早速手続きしますね」

受付嬢が書類に記入している間、俺は世間話程度に尋ねる。

「ところで、今日はなんでこんなに忙しそうなんだ？」

すると、受付嬢は顔を上げ頬を膨《ふく》らませる。

「ケイン様がいけないんです。この前、火竜を七十四体も狩ってくるから、オークションやら肉の販売やらコレクターへの売り込みやら……ギルドはてんてこまいです。私はもう一週間も家に帰っていないんですよ」

「そ、そう……なんだかごめんね。それで、今の話を聞くととても言いづらいんだけど、今日は風竜を狩ってきたんだ」

「風竜ですか……全く」

その時、受付嬢の後ろにいた髭《ひげ》もじゃのおっさん、アウターが声を荒らげた。

「おい、お前。ケインに対してなんだその応対は？　ケインは英雄王だぞ。しかも竜種を卸《おろ》してくれる最強の冒険者だ。感謝こそすれ、雑に扱うなんてありえない」

俺のせいで受付嬢が怒られてしまった。ギルドマスターのアウターとは昔からの顔なじみだが、ここまで持ち上げられると、どんな顔をしていいのかわからない。

「アウターさん……ごめんなさい。あまりの忙しさでおかしくなっていました。ケイン様、すみませんでした」

「気にしないでいいよ。こちらこそ悪かったね。これ以上仕事を増やすといけないから、風竜は他の町のギルドに持っていくよ」

しかし、俺の話を聞いていたアウターが言う。

「待ってくれ！　頼むからよそには持っていかないでくれ。竜種なんて滅多にない高額な収入源なんだ」

「わ、わかったよ。そういう事なら是非買い取ってくれ」

その後、ギルドの倉庫に移動して三十八体の風竜を収納袋から取り出した。

アウターはそれを見て愕然とする。

「嘘だろう。こんなに……」

「昔の仲間にお金を稼がせたくて頑張ったんだ。報奨金はリタとソニアに半分ずつ振り込んでくれればいい」

「だが、この量を買い取る金はギルドにはないぞ」

「ならひとまず、リタとソニアの口座に金貨千枚ずつ、残りは素材が売れたりオークションでお金になったりしたら、その都度彼女達の口座に振り込んでくれ」

「ああ、それなら可能だ」

「それじゃ頼んだよ。という事だから、ソニア、リタ」

俺は二人の方を向いて目配せした。

「あの、ケイン、風竜を狩ったお金は私とソニアで半分ずつって……」

恐る恐る尋ねてくるリタに、俺は頷く。

「本当だよ。とりあえずは金貨千枚を振り込んでもらえるみたいだから、綺麗な洋服を買っておしゃれでも楽しんでくれ！」

それでも納得していないらしい。ソニアが首を横に振る。

「それでも、さすがにこの金額はいただけないわ」

「ソニア、見ての通りこのくらいのお金、今の俺達なら簡単に稼げるんだ。俺が綺麗で可愛い幼なじみを見たいんだ、気にするな」

「綺麗？」

「可愛い？」

「そうだよ。二人共、今まで厳しい旅を続けていたから結構やつれているよ。女の子なんだから少しは気にしないと。今は魔王が数千年は攻めてこないとわかって、町がお祭り騒ぎだから遅くまで店はやっている。必要なものを買ってくるといい……それじゃ俺はハウスに戻って休んでいるから、王都を楽しんできて」

何度も礼を言ってくるリタとソニアと別れ、俺はハウスへの帰路についた。

◇◆◇◆◇

リタとソニアが俺の仲間になって一週間が過ぎた。

いつもと同じようにのんびり過ごしていると、リタに声をかけられる。

「あの、ケイン。何か依頼を受けないで大丈夫なの？」

「もう一生働かないで生きていけるくらいお金はあるだろ？　後は趣味の範囲で稼げばいいんだよ」

「確かにそうだけど……何もしないでこんな王族みたいな生活、落ち着かないよ。ケインは何かしてほしい事はない？」

そこである考えが浮かぶ。

「そうだな、一つだけあるよ」

「なんでも言って！」

「参加しなくちゃならない模擬戦があるんだけど、一緒に出てくれないか。正直、幼なじみで賢者のリタがいると心強い」

リタは張り切った様子で頷く。

「そんな事？　もちろんＯＫだよ。賢者の私がいるんだから、確実に勝っちゃうと思うけどいいの？」

「もちろん」

「わかったわ、了解」

俺達のやり取りを聞いていたソニアも話に入ってくる。

「私、聖女なのに、最近シエスタさんにお世話してもらってばかりよ。何もしない生活は私の夢だったけど、ここまで至れり尽くせりだと気が引ける。私も参加させてもらうわ」

「ああ、聖女のソニアも出てくれれば百人力だ」

二人がいてくれて助かった。

本当に心からの感謝しかない。

「ケイン、僕も参加しなくちゃ駄目？　もう二回も行ったんだからいいよね？」

ケイトが珍しく気が乗らないような声色で尋ねてくる。

だが、逃がすわけにはいかない。

「そうか、ケイトは俺の親友じゃなかったのか……いいよ、うん」

「ぼ、僕はケインの親友だよ！　ちょっと躊躇《ためら》っただけさ。大切な親友のためならやる！」

「ケイト、ありがとう」

「逃げちゃ駄目だ、逃げちゃ駄目だ、逃げちゃ駄目なんだ……」

俺は礼を言ったが、ケイトには聞こえていなそうだった。

この模擬戦は、他のメンバーには頼めない。

皆頼れる仲間で信頼もしているが、たぶん何回も参加したら心が壊れる。

その点、四職ならそういう耐性があるだろう。

手足がなくなろうが、死にかけようが戦える。そういう目に見えない力がね。

◇◆◇◆◇

この模擬戦は、仲間にも見せない。

一度見せたら、全員が泣き出しパニックになった。

それ以降は、俺とケイトの二人だけで参加してきた。

会場である王城のコロシアムに到着すると、急に隣から叫び声が上がる。

「ああっ！　またこの日が来てしまった……あああっ」

いつも自信満々のケイトが震えている。

俺はケイトに声をかける。

「大丈夫だ。俺も一緒に頑張るから」

「う、うん……」

そう答えるもケイトの顔は真っ青だ。

俺達の様子を見ていたリタとソニアが怯えた声で尋ねてくる。

「いったい今日の模擬戦に何があるの？　ケイトが恐れる相手なんて……」

「剣聖が怖がるような存在と模擬戦……まさか黒竜クラス⁉　だけど安心して。私の極大呪文《きょくだいじゅもん》なら通用するわ」

俺はソニアの言葉を聞いて笑う。

「あはははっ、黒竜クラスならよかったんだけどね。俺でも余裕だし、なんなら瞬殺できるから」

「「…………」」

二人が絶句しているところに、ずしんと地鳴りのような音がする。

そして――

「俺様、参上」

武神マルスが一瞬にして、目の前に現れた。

「あっあっ……剛腕のマモン」

「横に空の女王ハーピアまで……世界の終わりよ……」

おいおい、さっき説明しただろ。

「剛腕のマモンじゃなくて武神マルス様な。それで横にいるのは、空の女王じゃなくて天使長のハーピア様」

俺は二人に言い聞かせるが、ハーピアは気にしていないようだった。

「ケイン、別にいいわ。私達はそんな肩書きにこだわりはない。ちなみに私は回復役として付き添いで来ているの。戦うのはマルスだけ」

後半はリタとソニアに向けての言葉だ。

二人は戸惑いながらも頷いている。リタが確認してくる。

「ケイン、模擬戦の相手ってマルス様なの？」

「そうだよ。死を覚悟してね……じゃないや。死んでも終わらないから覚悟して」

「あああっ、また死ぬんだ僕」

俺の言葉を聞いて、またもやケイトが怯え出した。

すると先ほどまで驚きで固まっていたソニアが言う。

「確かにケインやケイトだけなら死ぬでしょうね。だけど今日は私がいる。さっきはちょっとびっくりしちゃったけど、この聖女ソニアが完璧な防御魔法と攻撃力アップの呪文で援護するわ」

リタもむんと気合を入れている。

「なら、私は禁呪《きんじゅ》ドラゴンスレイブを使うよ……！」

二人共、模擬戦とわかっているからか、表情はそこまで硬くない。

俺達は改めてマルスに向き合う。

「準備は整ったか。ならば始めるとしよう」

「先手必勝、行きます！」

合図が出されるや否や、俺は勢いをつけ突っ込んでいく。いつもより体が軽い。動き出す瞬間に魔法をかけてくれたソニアのおかげだ。

「七星彗星剣！」

彗星のように光を纏いながら、猛スピードで斬り込む。勇者の奥義、光の翼なんか比べものにならないくらい強力な一撃だ。

だが――

「最初に最大の一撃を放ち、それにかける、か……発想は悪くはないが、その技が俺に効かないのはわかっているだろう」

マルスが軽く手で払いのけると、俺の身体は真っ二つに千切れて飛んでいった。

意識が途切れるコンマ何秒かの間に、仲間達の様子が見える。

「「ケインーーーっ！」」

叫んでいるのは、リタとソニアだ。

ケイトは俺に目もくれずマルスに突撃する。

「今だ、斬撃っ！」

ケイトは身を低くして、マルスの脚に斬りかかった。

「馬鹿が……目が攻撃先を見ている。相手の虚をつく攻撃は悟られないようにしないとな」

そう言ってマルスが軽くケイトを蹴飛ばす。一瞬にして空中に飛ばされた彼女は、音を立てて落下した。

そこでようやく我に返ったソニアが魔法を放つが、マルスにはそれさえも効かないみたいだ。

「おい、聖女よ。忘れたか？　俺は武神だ。聖属性の魔法が通用するかよ」

「ひいっ」

気が付くとマルスはソニアの後ろに立っていた。彼女の頭は簡単に握り潰される。

ぐしゃっと言う音と共に。

「よくも皆を……食らいなさい！　ドラゴンスレイブ！」

リタの繰り出す灼熱《しゃくねつ》の炎がマルスに襲いかかる。岩どころかドラゴンの鱗《うろこ》さえも溶かす、人類最強の呪文だ。

「まあサウナに入った感覚だな。少しは効いた。それじゃ終われ」

マルスがそう呟いた瞬間、リタの首が宙を舞った。

そこで俺の意識が途切れ……ない。

「パーフェクトヒール」

意地の悪い笑みを浮かべたハービアの術によって、俺達四人の体は何事もなかったように元に戻った。

「生きている……」

「嘘、蘇ったの？」

驚愕の表情のソニアとリタ。しかし、彼女達に構わずハービアは告げる。

「さあ、二回戦の始まりよ。ケイン、私を楽しませなさい」

「か、かしこまりました……」

結局その日は、全員仲良く五十回くらい死んで蘇ってを繰り返した。

「終わった……僕は乗り越えたんだ！　あははは、ケイン、今日はご馳走を食べに行こう。そんで、明日は川魚釣りに付き合ってよ。嫌とは言わせないからね」

コロシアムの床に倒れ込んだケイトが、テンション高めな声で言った。

「ああ、いいぞケイト。どこでも付き合ってやる。今日はありがとうな」

「親友なんだから当たり前じゃないか！」

だが、ソニアとリタはのんきな会話をする俺達をげんなりした顔で見つめていた。

「あなた達もマルス様もバトルジャンキーじゃない……こんなの、いつもやってるの？」

「ハービア様の気分次第だな」

ソニアはため息をつく。

「はあ……だけど仕方ないわね。勇者パーティで死ぬ運命だったのが、今や贅沢三昧……このくらいの地獄は我慢してあげる」

「ソニア、ありがとう」

「後、私は釣りの横でバーベキューを所望するわ」

ようやく本来のわがままなソニアらしくなってきたな。

「いいね、それ。なら私はお酒も欲しい」

リタもソニアに賛成する。

パーティメンバーと話していると、マルスとハービアが歩み寄ってきた。

「お前ら、武神の俺と天使長ハービアの前で随分のんきな会話だな。まあ、いい。俺は強い奴は好きだからな。また次も鍛えてやるから楽しみにしてろ」

「今回も楽しめたわ。ケインの死に様ったら……くくく」

ちょっとハービア？　人が一生懸命戦ってるんだから、馬鹿にするのはやめてね？

思い出し笑いが収まったのか、ハービアはソニアとリタに声をかける。

「あなた達も暇なら城に遊びに来なさい。最高のお茶を用意して待っているわ」

妙な優しさを見せるハービア。お茶を飲んだ次の瞬間、何をお願いされるかわかったものじゃない。

とにもかくにも、こうしてソニアとリタも頻繁に地獄を味わう事になった。

◇◆◇◆◇

やっと手に入れた自由……だが、失《な》くすかもしれない。
ただの冒険者となった俺――リヒトのところには現在、帝国からの使いだという男が訪れているのだが、彼を見て俺はそんな事を直感した。

少し前、リタやソニアから話を聞いたらしいケインから手紙が届いた。
そこには——

リヒト、元気か？
勇者パーティ解散だってな！
おめでとう、これでお前も勇者じゃなくなった。
冒険者はいいぞ。最高だ。なんでも手に入るからな……
そのうち、一緒に酒でも飲もう。
もう、世の中なんか忘れてベロンベロンになるまで飲むぞ。
お前が好きな娼館《しょうかん》に入り浸るのもいいんじゃないか？
これからは人生楽しもうぜ。
もし、近くまで来たら遊びに来いよ。

最初は俺を馬鹿にしているのかと思った。
だが、実際に冒険者になってみたら——

「お前ら〜、今日はまた地竜《ちりゅう》を狩ってきたから、俺のおごりだ〜」

「さっすがリヒトさん！　半端ねぇ。いただきます」

「すげー、ドラゴンが相手なのに楽勝なんてさすがは勇者だー」

「リヒトさんってかっこよくて強くてお金持ち。本当に彼女さんが羨《うらや》ましいよ……愛人でいいからあたしと付き合わない？」

「勇者のお兄ちゃん、ありがとう。病気のお母さんにご馳走を持って帰れるよ」

「皆、いいって事よ。俺は元勇者だからな」

ケインが冒険者を絶賛するわけだ。

勇者パーティなんてただの足枷《あしかせ》だった。あんな辛い旅を続けていた事が馬鹿らしい。

竜種の一体も狩れば金貨千枚。俺にとってはお金が歩いているようなものだ。

ケインはこの事を言っていたんだな。

もう勇者なんてやってられない。だって竜種を一体倒すだけで、奴隷商で最高の女奴隷が買えるんだぜ。

まあ、俺には最愛のメテルとエメルダがいるから関係ないが、その気になればハーレムなんてすぐに作れる。

この生活を手放せるかってのｏ。

つい最近の事を思い返していた俺は、使いの男の声で我に返る。

「リヒト様、もう一度お聞きします。帝国に仕える気はありませんか？　帝王様がぜひ騎士団にと……」

「戻らねーよ。わずかな金でお払い箱にした癖に何言ってるんだよ。それに帝国の騎士全員と戦ってもたぶん俺の方が強い。蟻んこみたいな雑魚《ざこ》引き連れてやってられるか」

帝王は今頃になって俺の価値に気が付いたのか。馬鹿な奴だ。

「そんな……何か条件があるなら伝えますから、そんな事言わないでください」

「そうだな……俺より強いたった一人の男は英雄王の地位をもらったそうだ。だったら、次期帝王の確約くらいくれないとな」

使いの男は絶望したように言う。

「そんな無茶な！　いくらなんでも無茶苦茶だ」

「だろう？　だから放っておいてくれ。俺は今が楽しいんだからな」

そう言って、俺は使いの男を追い返した。

◇◆◇◆◇

「勇者リヒトはそのような事を言っていたのか」

「はっ、帝王様。とりつく島もない状態でした」

ルーンガルド帝国の城では、帝王が使いからの報告を受けていた。

一時は激昂して勇者を追い出してしまった帝王だが、冷静になるととても惜しい事をした。

考え直した帝王はひとまずリヒトだけでも取り戻そうと画策していたのだ。

「なんだ、次期帝王の地位でいいなら簡単だ。魔王を倒してないとはいえ、勇者だ。勇者に憧《あこが》れている俺の娘ロアーナとくっつけてやればよい」

「た、確かに……相手が勇者ならどんな貴族も黙るでしょうし、好都合ですな」

「ああ、メテルもエメルダもロアーナとは仲がいい。側室としても問題はないだろう」

最初に帝国の使いが来た際にリヒトが予感したことが、現実になってしまったのだった。

◇◆◇◆◇

俺――リヒトはつい先日購入した屋敷で、メテルとエメルダと共にのんびりしていた。

昼過ぎ、唐突に玄関の扉がノックされる。

「なんだ、こんなに昼下がりに」

「私が出ましょう」

エメルダが玄関へ応対に出た。

少しして彼女が連れてきたのは――

「やあ、久しいですな。リヒト様」

「⁉　帝国の摂政《せっしょう》のコウガ！　なぜここに……？」

コウガはうやうやしく頭を下げて言う。

「おめでとうございます、リヒト様。ロアーナ様との婚約が決まりました」

はあ？　急に何を言い出すんだこいつは。

「おい、それはどういう事だ」

「いやぁ苦労しましたよ。次期帝王の確約……リヒト様が出した帝国に仕える条件は、簡単なものではございませんでした。ですが、帝王様の娘、ロアーナ様と婚約すれば話は早い。これで騎士団へ入隊してもらいますからね？　リヒト様には全軍の騎士総長のポストが用意されているそうですよ。いやぁ羨ましい」

「ロアーナ姫は確かまだ子供じゃ……」

「年齢は問題ありません。貴族なんて生まれる前から婚約が成立している事も多い。かく言う私も政略結婚で、相手を知ったのは結婚の一週間前。顔を見たのは結婚式の時でした」

「いや、お前の話はどうでも……」

「リヒト様、お戯《たわむ》れは困りますぞ。次期帝王にするならば仕える。そういう約束でしたな。よもや嘘とは申しますまい」

おいおい、話がどんどん進んでいくぞ。

「ま、待て、俺にはメテルとエメルダがいる」

「二人とも元は帝国に仕えていた身です。ロアーナ様とも仲がいいので側室として認めましょう。メテル、エメルダ、それでいいな」

二人にも断る術《すべ》はなかった。

外堀を埋められてしまったリヒトの自由は、こうしてあっけなく崩れ去った。

◇◆◇◆◇

その後、俺とロアーナ姫との婚約はトントン拍子に進んでしまった。

確かにロアーナ姫は可愛いと思う。

だが、これでいいのだろうか？

「まあ身から出た錆《さび》、諦めるしかありませんね。ですがロアーナちゃんはいい子ですよ！　私にもよくしてくれましたし、メテルとも仲がよかったですし……何より〝勇者様と結婚するのが夢なの〟なんて言う子ですから」

「だけどエメルダ……」

「リヒト様、貴族や王族は普通に子供のうちから婚約します！　次の帝王になれるんですからいいじゃないですか？　ロアーナちゃんは可愛いし、絶対に良縁です」

「まあ、もう断る事も難しいから受けるしかないか」

エメルダはうんうんと頷く。

「そうですね。でも、まだ婚約だけですから、ロアーナちゃんが成人するまで時間はあります。それまでは自由を謳歌《おうか》できますよ」

「ああ。婚約後は行動が制限されるかもしれないから、今のうちにケインにでも会いに行くか」

「かの有名な英雄王ですか？」

俺は頷く。

「そうだ。奴には借りがありすぎる。ボコボコにされても文句は言えない」

「ですが、リヒト様だって」

エメルダには以前話した事があったな。俺がケインを追放した理由の一つを。

「まあな、当時まだ実力不足だった奴を死なせないために追い出したのは真実だ。だが女を独占したいという気持ちも大きかった」

「それなら、素直に言えばいいじゃないですか？」

「そうだよ、リヒトお兄ちゃん！」

ここまで黙って聞いていたメテルも口を開いた。

だが、俺は首を横に振る。

「まあ、もうどうでもいい事だ。さっきも言ったが、婚約したら恐らく遠出はできなくなる。その前にあいつのところに行こうと思うんだ」

エメルダとメテルは優しい笑顔で頷いた。

「そうですね。王国は食事が美味しいと聞きますし、ぜひ行きましょう」

「そうそう、私も行ってみたい！」

こうして俺達はシュベルター王国に向かう準備を始めた。

◇◆◇◆◇

一週間後、俺達は王国に到着しケイン達を捜《さが》していた。

英雄王というくらいだからてっきり城にいるかと思ったら、そうではないらしい。

なんでも、ほとんど冒険者みたいな生活を送っているそうだ。

「ケイン様なら恐らくパーティハウスにいらっしゃると思います。もしいなければまた冒険者を引き連れて竜種でも狩りに行っているかもしれません」

途中立ち寄ったギルドで、受付嬢が教えてくれた。

「そうか……わかった。そのパーティハウスの場所を教えてくれるか？」

「承知しました。勇者様ならケイン様もお会いになると思います」

俺は疑問に思って尋ねる。

「会わない場合もあるのか？」

「会わないというよりは、時間がなくて会えないというのが正しいかと。少し前ですが、ケイン様が火竜を大量に狩って同行した冒険者に振る舞いました。それから〝千枚長者《せんまいちょうじゃ》ケイン〟という裏の呼び名がつきまして、しょっちゅう狩りに誘われるそうです」

「千枚長者？」

「はい。その時の金貨の分け前が一人千枚以上だったからついた呼び名です」

ケインはいったい何をしているんだ？

何人いたかはわからないが、竜を一、二体狩ったくらいじゃそんな分け前にはならない。尾ひれがついた話だろう。まあ有名になるとこの手の話は山ほど出てくるからな。


ギルドを後にした俺達はケインのパーティハウスへやってきた。

建物を見上げて思わず呟く。

「凄いな……どう見ても貴族の屋敷以上じゃないか？」

エメルダも感心したように言う。

「案外大所帯なのかもしれませんね」

「確かに、パーティメンバーをたくさん抱えていれば必要かもな」

その時、懐かしい声が聞こえてきた。

「あれっ、リヒトがなんでここにいるの？」

「ケイト、久しぶりだな！　ちょっとケインに会いに来たんだ。あいつはいるか？」

俺はなるべく明るく振る舞ったが、ケイトは訝《いぶか》しげに尋ねてくる。

「いるよ。それでなんの用？　何か嫌味でも言いに来たのかな？」

「違うぞ。幼なじみに会いたい時もあるんだ。実は俺、帝王の跡取りになる事が決まったんだ。今後はそう簡単に会えなくなるから、今のうちに会っておこうと思ってな」

「そう？　ならリタとソニアも一緒の方がいいよね？」

さして興味のない様子で言うケイト。俺は頷いて答える。

「ま、まあな」

「それじゃ立ち話もなんだから、中に入れば？　紅茶くらいご馳走するよ」

「ああ、ありがとう」

◇◆◇◆◇

「久しぶりだな、ケイン」

ケイトが客を連れてきたから誰かと思えば、なんとリヒトだった。

こいつと会うのは、俺がパーティを追放された時以来か。

「それにしてもなんだ、このパーティは。ハーレムパーティか？」

こいつは相変わらず……だが、そんな事はもういい。俺は首を横に振る。

「これは皆が人生を楽しむためのパーティだ。リヒトも冒険者をしているならわかるだろう？　今の方が自由で楽しいんじゃないか？」

「まあな……だがなんでこんなに大人数なんだ」

「たくさんの人間が寄り添うのはいい事だ。病気や怪我をした時、精神的に辛い時に助かるぞ」

「ああ、今ならお前の言う事もわかる」

リヒトはどこか遠い目をして言った。俺は少し嬉しくなった。

「俺達はそういうパーティを組んだ。この自由の翼は、全員が幸せになり楽しく暮らす。そんなパーティなんだ」

それからしばらくは近況報告をかねて軽く雑談した。すると、リヒトが唐突に提案してくる。

「ケイン、これから俺と手合わせしてくれないか？」

「リヒト？」

「いや、いきなり押しかけて身勝手なのはわかっているが、俺は勇者だった。確かにお前は強いんだろう。だけど俺だって」

俺はリヒトの言葉を遮った。

「わかった。ただ俺は強いぞ」

「俺は勇者だ。負けるわけがない」


俺達は他のメンバーを残して二人で王都の外にある森に向かった。

少し開けた場所に出たところで向かい合う。

「よし、それじゃあ行くぞ、ケイン。これが勇者のみが使える……」

「『光の翼！』」

俺はリヒトの声に合わせて、光の翼を発動した。

「なんでケインがその技を使えるんだよ!?」

結局、リヒトはなす術もなく、俺に敗れた。リヒトが詰め寄ってくる。

「ケイン、いったいどんなずるしたんだ！　卑怯《ひきょう》だぞ」

「武神様に稽古をつけてもらっているだけだよ」

「だからそんなに強くなったのか。武神から稽古なんて……」

俺は内心笑みを浮かべながら尋ねる。

「なら、リヒトも一緒にやる？　ちょうど明日は模擬戦をするから」

「いいのか？」

リヒトの顔がぱっと明るくなる。

「もちろん！　今日は部屋を用意するから泊まっていってくれ」

「いや、それはお前に悪いから宿に泊まる。恋人も一緒だからな」

「そうか、そうだよな」

「歓迎してくれた事には感謝している。だが、俺はお前との友情より新しい愛に生きる！」

「あはははっ、リヒトらしいな」

馬鹿らしい考え方だが、俺はリヒトのそんなところが好きだった。

「まあな、明日は何時に来ればいいい？」

それから明日の予定を確認し合って俺はリヒトと別れた。

先に言っておこう。リヒト……ご愁傷様《しゅうしょうさま》。

◇◆◇◆◇

「なんだ～変な奴がいるな？」

武神マルスが訝しげな顔をする。

リヒトが訪ねてきた翌日、俺は王城にあるコロシアムにリヒトを連れてきていた。

ケイト、リタ、ソニアも一緒だ。

「マルス様、ハービア様。こいつが勇者リヒトです」

「へー勇者ね……面白そう」

ハービアは興味深そうに呟いて、舌舐めずりした。

「それで、そいつも俺と戦ってくれるのか？」

「はい、マルス様に稽古をつけてほしいそうです」

「そうか。それじゃ小僧、かかってこい！」

リヒトはにやりと笑って応える。

「いくら武神様でも俺を舐《な》めすぎだ。悪いが最初から奥義でいかせてもらう。これが奥義光のつ――」

「つまらん。その技はケインに見せてもらった。しかもスピードがあいつの半分も出ていない」

マルスがそう言って軽く手を振ると、リヒトの首は飛んでいった。

リヒトは馬鹿なのか？　俺に使える光の翼がマルス様に通じるわけがないだろうに。

「パーフェクトヒール」

ハービアが呪文を唱え、リヒトの飛んだ首がそのまま胴体に繋がった。

「そんな、俺は……」

「考え事をしている暇はないぞ」

その瞬間、今度はリヒトの体は真っ二つにされた。

「パーフェクトヒール」

またもやハービアがリヒトを復活させた。

まあ、とりあえず俺を追放したのはこれで許してやろう。

「嫌、嫌だ……俺はもう死にたくない」

ハービアのおかげで体にはなんの異常もないはずなのに、ガタガタと震えるリヒト。

俺は彼の肩をぽんと叩いて言う。

「リヒト、加勢するぞ」

「ケイン……ありがとう。お前やケイト達も一緒なら、武神様だろうと倒せる！　行くぞ、反撃だ」

全く、こいつはどれだけめでたい頭をしてるんだ。俺はリヒトの言葉を訂正する。

「違う、リヒト。一緒に死ぬだけだ」

ケイト、ソニア、リタもうんうんと頷く。

「そうだよ、反撃なんて無理」

「諦めなさい」

「やるだけやるけど、意味はないって」

〝そんなあ〟と嘆《なげ》くリヒトを横目に、俺達はそれぞれ武器を構えた。

最終的に今日は四十回くらい死んだ。前回より少し数が減ったから、蟻が蜂《はち》になったくらいには強くなったのかもしれない。

「がははは っ、いやあ今日も堪能した。また今度な」

「ケイン、今度は頭を使いなさい。少しは粘《ねば》らないとそろそろ面白くないわよ……次に期待するわ」

マルスとハービアは勝手な事を言いまくって立ち去っていった。

その様子を呆然と見つめていたリヒトが尋ねてくる。

「なぁ、ケイン。こんな事をしょっちゅうやっているのか？」

「まあね」

ハービアの気まぐれで発生する地獄……笑うしかない。

「俺はもう絶対に王国になんて来ない」

「ああ、そうだなリヒト。その方がいい。今度は俺が帝国に遊びに行くよ」

「そうしてくれ。いつでも歓迎してやるよ」

「ありがとよ」

俺達はそうして笑い合う。

「だけど、もう一緒に死ぬのは勘弁だ」

「わかった」

リヒトが加わってくれると助かるんだけどな……やっぱり無理だったか。

第二章　竜王《りゅうおう》の怒り

「竜王様、また同族が大量虐殺《ぎゃくさつ》されました」

シュベルター王国でもルーンガルド帝国でもないどこか遠く――

そこに竜種を束ねる竜王はいた。

最近、おかしな事に竜種の同胞が大量に狩られているらしい。

竜種は人間にも魔族にも敵対していない、中立だ。

生き物である以上、殺す殺されるは仕方ない事だ。だが、ここしばらくは異常なほど狩られている。

竜種の単体の強さは先の二種族を寄せつけない。人間の勇者や一部の強い魔族でなければ倒せないのだ。

竜種に会えば人類も魔族もほとんどの者が逃げ出す。

もしくは静かに立ち去るのを待つか。いずれにしても、それほどまでに強いのが竜種なのだ。

それが大量に狩られている……竜王は信じられなかった。

わずかな数なら理解できる。数の暴力、もしくは勇者や魔族の強者になら、後《おく》れを取る事もあろう。

だが、ここまでの数の竜種が狩られるのは前代未聞《ぜんだいみもん》。

これは、早急に調べなければならない。

竜王は命じる。

「青龍《せいりゅう》よ。最近無数の同胞が狩られておる。真相を調べてまいれ」

「はっ、早速」

高位の竜は人化できる。青龍は多少知能に問題はあるが、調査にはうってつけだろう。

「これが最近竜種がやられていた場所か？」

青龍が報告のあった場所を調べて回る。火竜山脈にも風竜峠にも竜種がいない。

ここは竜種の巣とも言える場所だ。こんな場所に攻め込んでくる魔族や人間がいるとは到底思えない。

しかも、どう見ても争った形跡がない。

普通であれば、いくつもの痕跡《こんせき》があるはずだが、それがほとんど見つからない。

まさかとは思うが一方的に倒されたのだろうか。

竜種を圧倒する種族が世の中に存在する？

場合によっては俺がその存在を殺す必要があるかもしれない。

青龍はそんな事を考えながら、まず人間サイドを調べるため、シュベルター王国へ向かった。


青龍が王都に来て何日か経った。これまでにわかった事がある。

竜種の素材がたくさん売られているのだ。

尋常でない量が流通している。

ここに間違いなく天敵がいると青龍は確信していた。

ひとまず適当な店で聞いてみる。

「竜種の素材が豊富なようだが、これはどこから？」

「これですか？　英雄王ケイン様のパーティ自由の翼が狩ってるんですよ。凄く安いでしょう？　帝国の半額ですよ」

「そうだな……」

青龍は怒りをぐっと堪えた。

その後も色々な店で話を聞いたが、どうやら自由の翼というパーティが単独で竜種を狩りまくっているそうだ。

そして、その狩りの中心にケインという男がいる。

青龍はケインを倒すと心に決めた。

◇◆◇◆◇

「ケイン、この国に羽虫が入ってきたから潰《つぶ》しなさい」

「羽虫？」

またもやハービアから招集がかかったので、またマルスとの模擬戦かと怯えながらやってきたが、どうやら今回は別件らしい。

「たぶん、上位の竜種ね。ロードのあなたでも強敵かもしれないけど、まあ頼んだわ」

やる気なさそうに言うハービア。興味のない事だととことん適当だ。

「上位の竜種……わかりました」

ハービアは気楽に言うが、俺が今まで勝てた強敵と呼べる相手は四天王だった死霊王スカル一人だけだ。

上位の竜は魔族で言うなら四天王以上と言われている。俺で大丈夫なのだろうか？

とはいえ、楽しく暮らす事をモットーに作ったパーティ自由の翼のメンバーに頼むわけにはいかない。仲間が傷つくのは見たくないしな。

また、俺がやるしかないのか。

俺はただ、楽しく暮らしたいだけなのに……

◇◆◇◆◇

準備を整えて次の日――

俺はハーピアの命令で国に侵入したらしい竜種を捜し始めた。

ハーピアの話では人間に擬態《ぎたい》しているとの事。

見た目で判断できない以上、気配を探るしかないな。

《竜種の気配を探るのだな？　それは儂の得意分野だ。適当に歩いていろ。該当者に出会ったら教えてやろう》

《頼んだよ》

俺はすっかり相棒になった七星神剣と共に王都を歩いた。

すると途中でシエスタにばったり出会った。

「あっ、ケイン様」

「シエスタ……相変わらず大変そうだな」

「そう思ったら、助けてください……うわぁ」

シエスタは戦うメイドとして有名になったのだが、今や町でシエスタをモデルにした演劇が上演されるほど人気がうなぎ上りだ。よく女の子や子供に囲まれている。

まあ、本気を出せば振り払えるし、男に囲まれたら上手く逃げているので気にしない。

それにシエスタを倒せる人間はまずいないしな。

だが、今度の相手である上位の竜種は、さすがのシエスタでも相手にならない。教えると手伝うと言い出しそうだから黙っておこう。

「ごめん、ハービア様に用事を頼まれているんだ」

「わ、わかりました！　今日の夜は大好物の肉じゃがを作りますから……ちょ、ちょっと通して……」

人ごみをかき分けてこちらに来ようとするが――

「嘘……もしかしてあの方は英雄王ケイン様？」

あっまずい、こちらに飛び火する前にずらかろう。

俺は最近、認識《にんしき》阻害《そがい》のスキルを身につけた。

これによって、相手に気付かれにくくする事ができる。

シエスタだって身につけようと思えばそこまで難しくないはずだ。

恐らく自分の存在を認めてもらえるのが嬉しいのだろう。

その時、頭に七星神剣の声が響く。

《小僧、気を引き締めろ。いたぞ》

《ああ。これだけ気を垂れ流していればわかる……やばいな》
たぶん、相手もこちらに気が付いた。
こんなところで戦いにでもなったら大変な事になる。
俺は竜種と思われる男に気を放った。
これで相手に俺の存在が伝わったはずだ。
このまま王都から外に出よう。

王都からかなり離れたところまで来た。
後ろを振り返ると、一人の男がしっかりついてきていた。
よし、これでいい。これでいいのだが……この男は圧倒的な強者だ。
最近俺は〝人類最強〟〝ロード〟なんて呼ばれて浮かれていた。
ハーピアやマルス、後は魔王と魔族の四天王最強であるその息子。
そいつら以外で、俺に勝てる存在はいない。そう思っていたが……これはやばい。
普通に戦えば負けるような気がする。
だが、駄目だ。
俺はハーピアの下僕。彼女の加護を受けたせいか、命令に背く選択ができない。
その時、俺についてきていた男が口を開く。

「おい、そこの人間。ここまで来れば、もう他の人間はいない。このあたりでいいのではないか？」

確かに気付けば森の中にある開けた場所まで来ていた。

ここなら、人はそうは通らないだろう。

俺は答える。

「ここまで付き合ってくれてありがとう。礼を言わせてもらうよ」

「ふん、礼儀正しいな。そういう人間は嫌いではないぞ。さあ、かかってくるがいい」

なぜ竜種が人に化けて王国にいるのか……そんな疑問が浮かんだが、簡単に答えてくれるわけはないか。

男は強い。排除するのは無理だ。

マルスまでいかないと思うけど、今の俺の勝てる相手ではない。

でもやるしかない。

「それでは、行かせてもらう！　七星流星剣ーーーっ！」

最大の技を繰り出し、男に斬りかかる。

しかし――

「凄い、凄い、凄い……あははっ、人間がこれほどの力を出せるとは……」

嘘だろう……この連撃が簡単にかわされるなんて。一撃も当たらない。

「……ハァハァ」

「これで終わりか？」

息を切らす俺に、男が挑発的な笑みを浮かべて尋ねてきた。

「まだだ、七星彗星剣！」

「ほう、一撃にかけたか……筋はいい」

これも簡単にかわされるのか……やはり思った通り強いな。

なら……

「これが勇者が使う奥義、光の翼だぁーーーっ」

「見事……だが、効かん。お前は人間にしては強い。でも所詮その程度。人間がここまで己を鍛えた褒美だ。見せてやる、ドラゴニックパンチ！」

「うがあああーーーっ」

ださい技名だと思った瞬間、俺の腹に拳がめり込んだ。

ハービアの話では上位の竜種と聞いていたが、人間の姿のままでこれか。

ただのパンチ一発なのに俺はもう立てなかった。

「人間よ。真っ向から戦いを挑む奴は嫌いじゃない。俺の名は青龍。俺の一撃に耐えた事を誇りに思うがいい」

青龍の言葉を最後に、俺は意識を手放した。

しばらくして人の気配に目を覚ました。

「……あれ、ケイト？」

「あれ、ケイト？　じゃないよ……こんなところで寝ていたら風邪引いちゃうよ」

そうか、俺は青龍にのされ、そのまま気を失っていたのか……

しかし、圧倒的だったな。青龍はたぶんかなり手加減したのだろう。俺の体には痣《あざ》一つない。

なぜ俺を見逃したのかはわからないが……

ふと思う。俺はこのままでいいのか、と。

魔法戦士の時はリヒトやケイトにも勝てなかった。

よく考えたら、俺の人生において誰かに勝った事ってあったかな。

思い返してみると、対人戦闘で誰かに勝利した記憶がない。

ロードになってからも、ハービアはもちろん、マルスにも勝っていない。

まあ、彼らは人ではないのだが。

俺はいつの間にか〝負け癖〟がついてしまったみたいだ。

格上の強い相手とばかり戦って、負けて、負けて、負け続けて……

負けて当たり前。いつしかそう思うようになっていた。

確かにマルスは強い。絶対的強者だ。

だけど、最近は勝つための工夫をしなくなった。

負けるにしても負け方があるだろう。

模擬戦でもただ戦うだけ。

どうしてこうなってしまったんだ。

なぜ、死ぬ気で策を考えない？

これでいいのか？

いいわけがないな……

ハービアもマルスも優しかった。

残酷に見えるけど、凄く優しかった……だって、彼らは既に敵ではないから。

もし敵だったら……俺も大切な仲間達もきっと死んでいた。そんな未来があってもおかしくなかった。

青龍はマルスを彷彿《ほうふつ》させるほどに強かった。

だが、ハービアは潰せと言っている。

ならば、恐らく敵なのだろう。

今回は様子見で、これから再び戦いになるのかもしれない。

甘えていた時間が惜しい。

強くならなくちゃな……

「ケ、ケイン!?　どうして泣いているんだい？」

「ケイト、俺、強くなりたい……もっと、もっと強くなりたい」

ケイトは突然の告白に驚いていたが、やがて笑顔で言う。

「ケインはやっぱり男の子だね。強くなりたいなら僕が手伝ってあげるよ。君の剣にはまだ伸びしろがある」

ああ、ケイトはいつも優しいな。

「ありがとう、ケイト」

「どういたしまして……どわっ」

その瞬間、どこからか大木が飛んできた。

俺とケイトは慌てて避ける。すると……

「ケイン様の様子がおかしいから気になって捜してみれば……ケイト様と逢引《あいびき》ですか？」

「違う！」」

「……本当の事、教えてくれませんかね？」

なぜか一瞬、青龍よりシエスタの方が怖いなんて馬鹿な考えが頭をよぎってしまった。

◇◆◇◆◇

青龍に一撃で沈められた翌日。

これから特訓をするにしても、まずはハービアに敗北した事を報告しないといけない。

凄く憂鬱だ。

こういう時、パーティメンバーは本当にあてにならない。

ケイトあたりが同行してくれればいいのだが……

「ごめん、ケイン。本当は一緒に行きたいんだけど、僕忙しくて」

こうやって絶対に逃げ出す。

ハービアと会う。これ以上に大切な用事なんてないはずだ。

リタ、ソニア、アイシャ、アリスはなぜかこういう場面では必ずどこかに出かけている。

危険察知能力があるんじゃないか？

大体居合わせるのはメルル、クルダ、シエスタだ。

だが、メルルは今にも泣きそうに目を潤《うる》ませているし、クルダは小動物のように震えている。

シエスタは頼めばたぶんついてきてくれそうだが……

「ケ、ケイン様……わ、わたしが行きましょうか？」

顔を真っ青にして唇を震わせた状態の彼女に来てくれとは言えないな。

俺は諦めて答える。

「大丈夫だ、一人で行くから。はぁ、俺の親友は俺より魚釣りを選ぶのか……」

後半はケイトに向けての言葉だったが、彼女はそれでも首を縦に振らない。

「ケイン、僕……」

悲しそうな顔をしているが、それでもケイトは行くとは言わない。

まあいつもの事だ。

結局、俺は一人で王城に行く事となった。


城に到着すると、早速ハービアの部屋に通される。

「どうだった、ケイン。羽虫は退治できたのかしら？」

なんと答えればいい？

俺は考えを巡らすが、結局正直に告げる。

「すみません……負けました」

ハービアの顔を見るのが怖い。

彼女はどんな顔をしているんだろうか？

「……そう、負けたのね……あはははははっ、まあ見てたんだけど。私がこんな面白そうな事を見逃すと思う？」

急に笑い出したハービアに面食らう。

それに、見てた？　ハービアは俺に加護を与えているから、行動を監視できるとか、そういう事？　凄く怖いんだが……

「すみません……」

「別にいいわよ。相手は上位の竜種——青龍だからね。勝てなくて当たり前だわ」

「そう言っていただけると助かります」

だが次の瞬間、ハービアがにこりとしながら言う。

「それでどうするのかしら？　人類最強のロード、ケイン？」

「……どうするとは？」

言葉の意図をはかりかねて俺は尋ねた。

「私、面倒くさい事は嫌よ。たぶんマルスも同じ。私達はこの国が危機に瀕《ひん》しても何もしない。青龍が来たという事は結構ピンチだと思うけど？　頑張ってね、ケイン」

「あの……助けてくれたりは……」

「うん、しないわ。そうね、だけどケインに死なれちゃ困るから……これ、あげるわ」

ハービアはとても高価に見える腕輪を渡してきた。

「これはなんでしょうか？」

「これは〝テレポの腕輪〟よ」

テレポの腕輪……テレポートを略したのか？　つければ好きな場所に行けるとか？

「この腕輪にはどんな能力があるのでしょうか？」

「それをつけていれば、死んだら死体が私のところに届くのよ」

できれば死にたくないんだが。ハービアは続ける。

「私のところにケインが来たら、すぐにパーフェクトヒールで治してあげるわ。これで死ぬのは怖くないでしょ」

嬉々として語るハービア。忘れていた。彼女は退屈が凄く嫌いなんだ。

こんな面白そうな事、楽しまないわけがない。

「さあ、もう行っていいわ。頑張りなさい」

俺はうなだれながら王城を後にした。

もう決まってしまった事はしょうがない。

死んでも蘇らせてくれる。なら死ぬような荒行《あらぎょう》をすればいい。

死んでも困らないのなら、ギリギリまで踏み込んだ修業ができる。

そう、頭を切り替えて青龍との戦いに備えなくちゃな。

◇◆◇◆◇

「このあたりでいいかな?」

俺はケイトに連れられて、川に来ていた。シエスタも弁当を作って一緒についてきてくれた。

修業の事を話したらケイトが真っ先に引き受けてくれたのだが、まさかこいつ……

「ケイト、まさかと思うけど……」

「もちろん、魚釣りをするに決まってるじゃん！」

ケイトはやっぱりケイトだった。そう思いシエスタと呆れていると、ケイトの顔が真剣になった。

「ケイン、誤解しているようだから言うけど！　今回のは普通の釣りじゃないよ？　これで釣るんだ」

そう言ってケイトが取り出したのは、ただの釣り具。普通のものに見えるが……

「いつものやつと何か違うのか？」

「確かにただの釣り具だね。だけど、これは小魚用の竿《さお》だから大物がかかったら簡単に壊れる」

「それが、どうかしたのか？」

横を見るとシエスタも首を傾げている。

どう考えても訓練とは無縁に思える。

「そうだね、やってみせよう」

笑いながらケイトは釣り針にエサをつけて糸を垂らした。

しばらく糸の様子を見ていたケイトが声を上げた。

「ほうら、かかった。そーんで……ほら釣れた！」

ただ釣りをしているようにしか見えない。

釣れた魚はまずまずの大きさだが。

「なあ、ケイト。俺は魚釣りをしたいわけじゃない」

「ちゃんと修業をしましょう？」

しかしケイトは俺達の小言など、どこ吹く風だ。

「これはちゃんとした修業だよ？　試しにケインもシエスタも釣ってみて。やってみれば難しさがわかるから」

そう言いながらケイトは竿を二本差し出した。

まあ、彼女がここまで言うからには何かあるのだろう。

「それじゃ、やってみるか……」

「私もやってみます。私、村娘でしたからこういうの結構得意なんですよ」

そう言い、二人して川に糸を垂らした。

その間にケイトは二匹目の魚を釣り上げている。

俺は半信半疑ながら、そのまま釣りを続けた。

「ケイン様！」

シエスタの竿に魚がかかったみたいだ。

「簡単に釣れるじゃないか……これのどこが修業……あっ！」

次の瞬間、シエスタの糸は簡単に切れてしまった。

「切れちゃいましたね……あははっ」

シエスタは凄く残念そうな顔をしている。ケイトが笑った。

「はは、まあそう簡単に釣れるわけないよ。その仕掛けは、針は大きい魚を釣るためのものだけど、竿や糸はそれより小さい魚を釣るためのものだからね」

そういえば、ケイトは始める前にもそんな事を言っていた。俺は尋ねる。

「それが修業とどう繋がるんだよ」

「やり続ければわかるけど、この仕掛けで大きな魚を釣るには、タイミング、スピード、力加減、そして手首から腕にかけての動作が全て完璧じゃなければ無理だ。これがどう剣に活きるかは、よあ釣れてからのお楽しみだね」

ケイトは二匹、三匹と数を増やしていったが、俺とシエスタは糸が切れたり、竿が折れたりとなかなか上手くいかない。

「これは、難しいですね」

苦戦するシエスタに、俺も頷く。

「本当だな……ケイト、何かコツはあるのかな?」

「簡単に言えば、糸や竿が駄目にならないように相手の力を最小限に抑え、タイミングを見て一気に水から引っこ抜く……そんな感じだね」

不思議だ……あのケイトが真面目に指導してくれている。

てっきり〝ビュンと振ってスッと抜いてポン〟とか言うのかと思ったんだが、今回は違うようだ。

俺はケイトの言った事を頭の中で繰り返す。

「なるほど……だけど、やっぱり難しそうだ」

「私には無理そうなので、食事の準備をしますね」

シエスタは離脱した。

遊びに見えてもできた時に何かが掴《つか》める。ケイトの話を聞いて、俺はそんな気がしていた。


あれからしばらく頑張ったが、上手くいかない。

竿が折れたり糸が切れたりしないように注意すれば、今度は針から魚が落ちてしまう。

そういえばケイトは昔から釣りが好きだったけど……俺はある事が気になったので聞いてみた。

「ケイト、もしかして昔から釣りはこの方法で？」

「あははは っ、子供の時はさすがに違うよ。だけどこのパーティに入ってからはそうだね。この方法でやっていたかな？」

「そうか、凄いな」

「普通の釣り勝負じゃ面白くないからね……ハンデをあげなくちゃ」

俺とケイトはよく釣り勝負をしていて、俺が勝つ事も多かった。そりゃ、ハンデを負ってやっていたなら、ケイトが負けるわけだ。

それからまたしばらくして、ようやくケイトが初めにゲットしたものの半分くらいの魚は釣れたが、それより大きい魚がかかると糸は切れてしまった。

「ケイン様、ケイト様、お食事の用意ができました」

そこでシエスタから声がかかった。

お昼はあったかいシチューに、サンドイッチ、デザートに特製のプリガン――日本でいうプリンみたいなお菓子――がついていた。

「はあ～、勇者パーティの旅にシエスタがいたら、美味しいものが食べられてもっと頑張れたのに……本当に僕はそう思うよ」

昔を思い出したのか、ケイトがぼやいた。俺は意地の悪い事を聞く。

「ほぅ～、俺の料理が不味かったと。ケイトはそう言いたいのか」

「い、いや、そんな……そんなわけないよ」

「まあ、別にいいよ。シエスタの料理が凄く美味しいのは本当だし」

「そう言われるととても嬉しいです。励みになります」

シエスタの料理に舌鼓《したつづみ》を打ってから、また午後の修業、というか魚釣りを始めた。

だが、ここで変化が訪れる。

さっき釣ったのより少しばかり大きい魚を、コンスタントに釣れるようになったのだ。

コツが掴めたのかもしれない。

それから俺は日が落ちるまで熱中して釣り続けた。

「さすがにもう夕方だから帰ろうか、ケイン？」

「ケイト、ちょっとだけ待って」

その時、竿が大きくしなった。

「うん、かかったようだ」

相手の力に合わせて最小限の力で、糸が切れるより早く、竿が折れるより早く。力の流れを読み取り、流れるように一気に引っこ抜く。

巨大な影が宙に舞った。

「嘘、ブルガンナマズ……!?」

二メートルを超える巨大なナマズが俺の後ろで跳ねていた。

◇◆◇◆◇

ケイトが教えてくれた事がなんとなくわかった。

これはジョブやスキルじゃない技術だ。

俺は剣を扱うようになってから自分なりに訓練をしていたが、それはあくまで我流。

剣術の専門家と言っても過言ではない剣聖のケイトが教えてくれたのは、恐らく〝斬る〟ための技術だ。

俺は昨日の釣りで教わった事を応用し剣を振ってみる。
《相棒、随分と動きが滑《なめ》らかになったじゃないか？》
七星神剣が感心したように言った。
《そうか？　ならよかった。少しは強くなったのかな？》
《いや、それほど強くなってはないな》
《え？　でも、かなり滑らかに振れている気がするんだけど……》
《確かにな》
意味深な事を言うな……
《それなら、なんで》
《わかった、教えてやろう。少し意識を貸してくれ》
俺が七星神剣に意識を渡すと、彼は色々な技を俺の体で実演し始めた。
そのどれもがケイトはもとより、リヒトですらできないものばかり。
《これはいったい、なんだ？》
《相棒、忘れたのか？　せっかく小僧から相棒に格上げしてやったのに……ほら、思い出せ》
《な、なんだっけ》
《儂の能力だ、馬鹿者》
能力？　俺がぽかんとしていると、頭に怒声が響く。

《相棒、お前は馬鹿か⁉　〝儂の能力は過去、儂を所持した者の技を記憶し自由に使う事ができる〟だ》
《た、確かにそうだった……それじゃ、俺の修業は？》
《無駄無駄……いいか、見ていろ》
再び、俺は体を乗っ取られる。
《これが防御の奥義〝天空《てんくう》の羽《はね》〟。これは攻撃技の極み〝脱力《だつりょく》〟。そして、奥義〝斬鉄《ざんてつ》〟》
そう言いながら、目の前の大木を簡単に斬り倒す俺の体。
《どうだ？》
《奥義や極みのオンパレードじゃないか……》
《儂の記憶にある剣技は約千二百。これらの技は全てお前のものだ。剣聖？　儂の所有者にはあの程度、ゴロゴロいたぞ。あんな修業、必要ない。お前が身につけたのは今見せた脱力の下位交換だ。全くもって意味がない》
《で、でもそれなら今までの戦いでももう少しなんとかなったんじゃないか？　マルスや青龍とやった時だって……》
《あのなあ、お前が相手にする敵は全て規格外なんだ。それに技だってお前が馬鹿の一つ覚えで同じものばかり使うからだろ。工夫も何もあったもんじゃない》
そ、そうか……自分の中でこれが強いと決めつけて、剣技を組み合わせるなどの工夫を怠《おこた》っていた。でも、それにしたって修業が必要ないとか……俺はケイトになんて言えばいいんだ？

俺、実は剣を極めてました、てへペロ、なんて言えないしな。

《それじゃあ、もし俺が今より強くなりたいならどうすればいい？》

《相棒はそれを剣に聞くのか？　まあいい。剣は一流なのだから、攻撃魔法や回復魔法を覚えればいいのではないか？》

そっか、そうだな。剣ばかりでなく魔法を戦闘に組み込むのは悪くない。うちのパーティにはそれぞれのエキスパートがいるのだから、彼女達に教わればいい。

そうと決まったら、まずはメルルとソニアに回復魔法でも教わろう。

だけどその前に、ケイトにどう言おうか？

こうして俺は頭を悩ませる事になったのだった。

◇◆◇◆◇

ケインが新たな修業を始めようとしている中、青龍はいったん竜王に報告に帰っていた。

「竜王様、様子を見てまいりました」

「ほう、それでどうだった」

青龍は困っていた。

火竜山脈や風竜峠にも、もはや竜がいなかった。

ワイバーンも乱獲されていて数が減っている。

その原因がケインである事までは突き止めたが、青龍は彼を気に入って見逃してしまった。

だが、さすがに竜王相手に嘘はつけないので正直に報告する。

「火竜山脈、風竜峠に同族はほとんどいませんでした。恐らく乱獲されたと思われます。ワイバーンや水竜までもがかなり数を減らしていました」

「それを人間がやったというのか？　ならば、あやつらとの戦争も視野に入れねばならぬな」

「ですが、これはパーティ自由の翼、特にケインとケイトの二人がやった事のようです」

「ならば、その自由の翼とやらを竜種共通の敵とみなし、皆殺しにしてくれよう」

ここからが問題だった。

「竜王様、それに関して少し引っかかる事が……」

「言ってみよ」

「それが、該当の戦いは一対一、もしくは一対多数という構図で、常に人間側が少ない状況だったようなのです」

そうだ、これが問題なのだ。

竜とは強者。

故に正当な戦いに遺恨《いこん》は残さない。

これは初代竜王が残した言葉で、今も竜種の掟《おきて》として残っている。

竜は全ての生物の頂点に等しい。

強い種族だからこそ、一対一の戦いで負ける事は考えられない。

そしてそのような戦いで負ける事は竜にとっては不名誉。

もし負けた場合もかたき討ちなどは行わないのである。

「ならば、余に捨て置けと言うのか？」

「そうは言いません。ですが掟がある以上は……どういたしましょう？」

「ムムム……」

青龍が聞いて歩いた情報によると、自由の翼の人間は、常に少数で竜を倒していた。

つまり、数ではないのだ。

そもそも、一人で大量虐殺をする事を悪とするなら、竜は悪という事になる。

大量の生物を殺し、食べ、生きるのが竜。

そのため、掟では大量虐殺を罪に問えない。

ケインや自由の翼は竜の掟では無罪なのだ。

「とりあえず、報告は以上です」

「青龍よ、あいわかった。掟では無罪でもこのまま竜種が滅ぼされては困る……さてどうするべきか？」

自分から言いたくないから俺に言わせようとしてやがる。青龍はそう感じた。

「竜王様、八大竜公《はちだいりゅうこう》の誰かしらに自由の翼のケインに決闘を申し込ませればいいのではないでしょうか？」

八大竜公とは竜種の中でもトップクラスの力を持つ上位竜だ。

「それもそうだが、八大竜公なら目の前にも一人おるではないか？」

「……それは俺の事ですか？」

「他に誰がいる……青龍、お前がそのケインとやらと決闘してくるがいい。そして息の根を止めれば全て終わる。正式な決闘であれば掟に逆らう事にはならないからな。頼んだぞ」

やはりこうなったかと、青龍はげんなりする。

しかし、竜王の前でため息をつくわけにもいかない。

青龍は再びケインを捜しに王都へと旅立った。

◇◆◇◆◇

「また、会ったな。自由の翼のケインよ」

王都で買い出しをしていた俺に話しかけてきたのは、森の戦闘において俺を一撃で倒した男――青龍だった。

だが困った。結局、今の俺には青龍を倒す術はない。

あれから魔法の修業を含め色々と試してみたけれど、有効な対抗手段は思いつかなかった。

どうすればいい？

このまま戦ってもまた簡単にやられるだけだ。

でも、どうしても俺は引く事はできない。

しかし向こうも何やら困っている様子で、一向に攻撃を仕掛けてくる気配がない。

俺達は視線を合わせたまま、お互い無言で歩み寄っていった。


それから一時間後——

俺は青龍と二人、酒場にいた。

「お前、なんで竜種ばかり狩るんだよ」

酒が入ってかなり饒舌《じょうぜつ》になった青龍に、俺は自分達の現状を話した。

実は俺達はパーティとして強くなりすぎたせいで、ギルドからワイバーン以下の魔物を狩る事を禁止されている。それを正直に伝えた。

「なるほどな。制限をかけられていたと」

俺は頷く。

「ワイバーン以上の強さなら、確かに数が多いのは我々竜種になるな……とはいえ、そんなに狩られたらたまったもんじゃないぞ」

「いや……申し訳ない」

確かに仲間を狩られたら怒るのは当たり前だ。

もし、俺の知り合いでなくても人間をたくさん狩る魔物に出会ったら、間違いなく討伐するしな。

「いや、今までの事はもういい。竜は強い。多対一ならともかく、一対一、もしくは竜の方が多い状態で戦ったのなら竜の掟では罰《ばつ》はない。だがこれ以上続くなら大きな問題になり、放置できなくなる」

青龍が言っている事はもっともだ。

でも、俺達はこの先ぶらぶらと何もせずに生きていくのか？

「これから竜種は狩らないようにする。それは約束するが……これから俺はどうすればいいんだ」

「お前、人間の癖にそんな事を俺に聞くなよ。まあでも討伐ができないなら、ダンジョンの攻略でもすればいいんじゃないか？」

「ダンジョン？　攻略？」

「お前、本当に人間の冒険者だよな？　俺が人間を知るために人化してギルドに潜り込んだ時は、ダンジョンの調査依頼とかが結構あった。今は違うのか？」

「そんな依頼があったのか？」

俺は勇者パーティにいたせいで冒険者の常識を知らない事が間々ある。

青龍はそんな俺に丁寧に説明してくれる。

「なくなったとは思えないが……ダンジョンに出る魔物はそこらへんにいる奴とは違った種類のものが多い。ダンジョンの主《ぬし》クラスになれば、通常の竜種を超える存在もいたぞ」

なるほど、それならワイバーン以上という条件もクリアできるかもしれない。

「今度からはそちらを中心に活動してみるか。検討してみるよ」

「そうか。ならば今回はこれで手打ちだ。ただ、次回同じような事があれば、今度は俺達も腰を上げざるをえない。わかったか」

「ああ、承知した」

「そうか。ならば取引に応じてくれた礼だ。俺からお前に、少しだけ加護をやろう」

そう言うと青龍は俺の頭を掴んだ。

「どんな加護だ？」

「大したもんじゃねーよ。〝青龍《せいりゅう》の紋章《もんしょう》〟だ。これがあれば竜と会話ができるし、竜種にはお前と俺が知り合いだと認識され襲われない。後、少しだけ竜の力が使える。それだけだ。信頼してやったんだ、裏切ったら殺すからな」

そう言うと、青龍は去っていった。

ダンジョンか……俺は本当に世間知らずだな。

もっと世の中を知る努力をしないと。

その後、仲間に話すのが恥ずかしかった俺は、オークマンに話を聞いた。

「わっはっはっは、ケインの兄貴って奴は。やっぱり勇者パーティって世間知らずなんだな？　冒険者ならダンジョンに潜って生活している奴の方が多いくらいだ」

「そうなのか？」

「そうなのか？　じゃねーよ。毎日討伐なんてしているのは、バトルジャンキーみたいな奴だけだ。俺はてっきりケインの兄貴はそっち系だと思っていたぞ」

ああ、やはり俺には常識が欠落していたのか……

「教えてくれてありがとうな」

「いいって事よ」

ダンジョン……とりあえず一回行ってみるか。

まあ、先に仲間に相談だな。

◇◆◇◆◇

ケインが常識知らずな自分に落ち込んでいる頃、パーティハウスではアイシャとアリスが話し込んでいた。

「なあ、アリス。私達、最近何もしていないような気がするんだが……」

「そうね、全くもって何もしてないわ。メルルはソニアと一緒に治療院を開いたみたいだし、クルダは普通にポーターとして働いてる。強いて言えば、ケイトは遊んでばかりいるけど、自由の翼の莫大な貯金は、ほとんど彼女とケインが稼いでいるから文句は言えないわ」

アイシャは確かにそうだと納得する。このパーティのお金の大半はケインとケイトが稼いでいるのだ。貢献していないのは、自分とアリスだ。

何しろ、パーティにはアイシャのジョブ、クルセイダーの上位交換〝剣聖〟のケイトがいて、アリスの上位交換には〝賢者〟のリタがいる。言ってしまえば活躍の場がない。

ケイン達と共に戦い強くなった今のアイシャ達なら、竜種ですら恐れず立ち向かえる。

しかし今現在、このパーティには既にあり余る貯金がある。

狩りに出る意味はないのだった。

「二人で何を話しているの？」

リタが話に加わってきた。

「リタ……実は」

二人はリタにどうしたらよいか相談してみた。

「なるほどね……でもそんな事言ったら、私も全く貢献なんてしてないよ」

リタも悩ましげに言う。アイシャは頷きながらリタに尋ねる。

「それで、これからどうするか考えていたんだが、リタは何か考えはあるか？」

「ないわ。マルス様との模擬戦に加わってあげたらケインは喜びそうだけど」

アリスがげんなりした表情を浮かべる。

「あれはさすがに嫌よ……最初の一回だけ見に行ったけど、私は何回も死ぬような模擬戦、勘弁願いたいわ」

「その前に私達が加わっても瞬殺されるだけで、壁にもならないぞ」

アイシャもアリスに賛成のようだ。

結局のところ、今現在三人にはパーティのため、ケインのためにできる事はないのだった。

引き続き三人で頭を悩ませていると、アリスが口を開く。

「あの、提案があるのだけどいいかしら？」

「アリス、何かいい案があるのか」

アイシャが促すと、アリスは一つ頷いて自分の考えを話す。

「ケインのためにできる事が何もないとしても、メンバーを手伝う事くらいはできるんじゃないかしら？」

「まあ、それがよさそうだな。リタはどうだ？」

「うん、いいと思う」

とりあえず三人はメンバーを手伝うため、まずはクルダのところへ向かった。

しかし――

「これじゃ問題になるから、もう来ないでください」

依頼で他のパーティに参加していたクルダからきっぱりと言われてしまった。

アイシャが反論する。

「別にいいじゃないか。向こうも喜んでいたし」

「あの、わかってます？　収納や輸送がうちの仕事だったんですよ」

「それがどうかしたのか？」

クルダはアイシャ達の様子に呆れてため息をつく。

「はぁ～いいですか？　パーティ〝静《しず》かなる夜明《よあ》け〟はオーク狩りの依頼を受けていたんですよ……オークを狩ったのは？」

アイシャ、アリス、リタの三人は顔を見合わせて答える。

「「「私達」」」

「それで収納して運んだのはうちです……じゃあ、静かなる夜明けは何をしたんでしょうかね？」

「「「あっ……」」」

クルダは再びため息をついて続ける。

「何もしていませんよね。結果、静かなる夜明けの方々は報酬を辞退しました。〝何もしてないの

に報酬はもらえない〟との事です。何か言う事はありますか？」

「「「ごめんなさい」」」

「まあ、次は邪魔しないでくださいね……全く」

三人はしょぼくれてクルダと別れた。


続いて、メルルとソニアの治療院では――

「来られても困るわよね、メルル」

「はい、ソニア。ここは治療するだけの場所ですから、戦闘職に手伝ってもらう事はありません」


それからパーティハウスに戻ってシエスタの家事を手伝おうとするも――

「手伝ってくれるって言うからお願いしたのに、これはなんでしょうか？」

リビングには衣類が散乱し、台所には煙《けむり》が充満していた。

よく見ると廊下では花瓶が割れている。

「すまない、私は洗濯をした事がなくてな」

「私だって……掃除なんてやった事ないわ」

「料理はケインが全部してくれてたから……ごめん」

アイシャ、アリス、リタがそれぞれシエスタに答えた。

「はあ、それでよく任せてと言えましたね。もういいです。後はやっておきますから部屋に戻って休んでてください」

「「「わかった」」」

三人は自分達の無力さに途方にくれていた。

◇◆◇◆◇

青龍と会ってから一ヵ月、俺――ケインはまた別の事に頭を悩ませていた。

ダンジョンについてもそうだが、それよりもあの地獄が明日に迫っている。

武神マルスとの模擬戦だ。

最終的には蘇らせてもらえるとはいえ、何回も殺されるのは心が折れる。

ちなみに青龍から加護をもらったが、そんなのは焼け石に水で何も通用しないだろう。

いくら強い気持ちを持ったとて、綺麗事ではどうにもならないのだ。

「どうしたんだ、ケイン？　顔が青いな。何かあるのなら相談に乗るぞ」

青龍が気遣って声をかけてきた。

あれから青龍と俺は、たまにギルドの酒場で酒を酌《く》み交わす仲になっていた。こいつ、意外と暇なのだろうか。

青龍は俺よりはるかに強い。

しかも竜種だからか、人間より好戦的。

そうだ、こいつを連れていけば……

「実は俺は定期的にある人に稽古をつけてもらっているんだが、それが厳しくてな」

「そうか、お前の師匠と言うからには、さぞかし強いのであろうな」

お、食いついてきたな。

「ああ、いつも手も足も出ない」

「ケインが手も足も出ないなら、なかなかの腕と見た」

「まあな、たぶん青龍も瞬殺されて終わりだな」

俺が挑発すると青龍の顔色が変わった。

「おい、ケイン。お前なんて言ったんだ？　俺が負けると思っているのか？」

「いくら青龍でも俺の師匠には勝てないよ」

「なあ、ケイン。自分の師匠を美化したいのはわかる。だが俺は青龍。竜種の中でも頂点に近い存在だ。俺に勝てる奴はまずいない」

「だが、戦った感じでは、悪いが師匠の方が上にしか思えない」

ここまで言えば、青龍は絶対に乗ってくるだろう。

「そこまで言われたら引けねーな。ケイン、お前の師匠とやらと戦わせろ」

「わかった」

これで少しは被害が少なくなるといいな。

慣れてきたとはいえ、何十回と死ぬのは辛すぎる。

◇◆◇◆◇

そして、模擬戦当日――

「よく来たな、ケイン。今日こそ少しは俺を楽しませてくれるんだろうな」

「最近あまりに退屈だわ。少しは善戦する方法を考えなさいな」

いや、人間じゃ武神になんて歯が立たないのは当たり前だと思うが。

ハービアも容赦ないな……まあ蘇らせてくれるだけましだ。

二人は退屈しているようだが、今回は青龍がいる。

「少しは戦えると思いますよ……青龍、頑張ろうぜ」

「頑張ろうぜって、まさかケイン。俺と共闘でもするつもりか？　ふざけるな。こんな奴は俺一人で十分だ」

息巻く青龍の言葉に、マルスが感心したように言う。

「ほう、大した自信だな。なら最初はお前一人でかかってくるがいい。まあすぐに力の差がわかる」

「お前がどれほど強いのかわからないが、種族の差を思い知らせてくれる」

それを言ったらマルスは神様なんだけどな。とりあえず、一人でやってくれるんなら、俺はそれでいいや。

「能書きはいい。さっさと来い」

「行くぞ！」

始まった瞬間、青龍は素早く手刀を打ち込みにかかる。

さすがのスピード、俺の目じゃ追うのが精一杯だ。

だが、俺の目で追えるという事はマルスには見え見えだ。

「うむ、ケインよりは速いな。しかし、それだけだ」

「なんだって……」

青龍は自身の手刀をいとも簡単に止めたマルスを、驚愕の表情で見つめている。

「こんなに遅くては当たらんぞ」

マルスが青龍の腕を捻《ね》じり上げると、彼の腕は千切れた。

「うわぁぁぁーーー！　俺の腕が……なんて言うと思ったか。俺ほどの存在になると腕などどうとでもなる」

さすが青龍、まさか一瞬で腕を生《は》やすなんて。これが上位竜の力か。

そして、青龍は攻撃の構えに入る。

「マルスとやら、お前にも見せてやろう。俺の力ってやつをな。ドラゴニックパンチ！」

森で戦った時、俺を一撃で沈めた拳だ。あれは凄かったな。

竜の力を人間の大きさの拳に乗せ、打ち込む。

だが、やはり駄目だった。

「嘘だろう……これすら簡単に止めるのか」

「確かに凄《すさ》まじい力だが、止めるのは造作もないな」

ここで青龍の中の何かが切れたらしい。突如、青龍が大声で笑い始めた。

「あはははははっ！　よし、お前には俺の本気を見せてやろう。恐怖を思い知れ！　〝竜《りゅう》化《か》〟！」

そう叫んだかと思ったら、青龍の姿がどんどん変化していく。

最終的に小さな山ほどの大きさの竜になった。

マルスも興味深げに見つめている。

「それがお前の本当の姿か……なるほど」

「俺のこの姿を見て無事だった者はいない。行くぞ、これが俺の持つ最強の力……ドラゴンブレスだ！」

白く激しい炎がマルスへ放たれた。

人間なら骨すら残らず焼き尽くすブレスだが――

「これはさすがに食らうと熱いので避ける事にしよう……それじゃ、今度は俺の番だな」

「えっ……」

やはり効かなかった。

格が違いすぎる。マルスが拳を放っただけで、巨大なドラゴンの腹に大きな穴が空《あ》いていた。

たぶん、もう死んでいる。

「パーフェクトヒール」

一瞬にしてハービアが蘇らせた。

「……な!?　お、俺は死んだはずだ」

「あはは、頑張っているから蘇らせてあげたわ」

「蘇らせてあげただって……」

ハービアが当然のように言うので青龍は呆れぎみだ。

はたから見れば無茶苦茶な事をやっているな。

「そう、せっかく蘇らせてあげたんだから……私を楽しませなさい」

しかし、青龍は首を横に振る。

「あんたの凄さはよくわかった。もう勘弁してくれ」

「そうか。なら今度はケインと一緒にかかってくるがよい」

やっぱり今回も俺は逃げられなかった。


青龍と一緒にまた何回も殺されてしまった。まるで歯が立たない。

ようやくマルスが満足して帰る時には、たぶん二人して五十回は殺されただろう。

進歩しないなあ……


「なあ、ケイン。いったいあの方達は何者なんだ」

帰り際、どよんとした顔で青龍が尋ねてきた。

「生き返らせてくれたのが天使長ハービア様、戦ったのが武神マルス様だよ。マルス様は剛腕のマモンとも呼ばれているけど」

「それを早く言えよ……どっちも人間じゃないじゃないか。次は行かないぞ」

「自分でマルス様達に伝えろよ」

「言えるわけないだろう……次も来いって釘《くぎ》を刺されたんだからな」

「ご愁傷様」

「ケイン、お前……」

「逃げられないんだから、諦めるしかないな」

こうして俺は、ハービアの気まぐれによるあの地獄を一緒に戦ってくれる仲間？　をゲットした。

第三章　神と魔王

ここは様々な神が住まう天界——

「ワイズ～、魔王に屈した世界があるんだって？　ご愁傷様」

天界に住む神が女神ワイズに声をかけた。

ワイズは本当に頭を悩ませていた。

「なんなのよもう！」

彼女の管轄《かんかつ》する世界——つまりケイン達の世界——では異常な事が起きていた。

ワイズへの信仰心は薄く、そのせいか強い勇者が育たず、このままいけば確実に魔が支配する世界が来ようとしていたのだ。

そこで、本来はやってはいけないのだが、ワイズは武神マルスと天使長ハービアに相談し、彼らをその世界に派遣。勇者の代わりに魔王を倒してもらう事にした。

「仕方ないから俺が見てきてやろう。相手が強ければ俺が滅ぼしてやる」

「まあワイズ様がお悩みなら仕方ないですね。行ってあげますよ」

本来ならこれはずるだ。

ワイズは崖っぷちに立たされた気分で、二人からの連絡を待った。

しかし、二人は全く帰ってこない。武神と天使長がここぞとばかりに神剣や宝具まで持ち出していったのに……

まさか、それで魔王に負けるわけがない。

だが、あまりに動きがないのでワイズはこっそり様子を見てみた。

「なんで負けているのよ……」

マルスとハービアは見事に魔王に敗れ、その軍門に下っていた。

たかが人間の勇者とは違う、天界の住民がなぜ魔王に敗北するのか。

しかも、負けた癖に天界に帰ってくるでもなく、魔に屈するなんて。

それに何やら最近は人間界で遊んでいるらしい。

「本当にふざけていますし……私もまずい立場です」

ただでさえ強力な魔王が世界を牛耳《ぎゅうじ》っているのに、そこに裏切った武神マルスと天使長ハービアが加わってしまった。

さらに神剣まで持ち出されてしまったままだ。

ワイズはかなり焦っていた。

さっき声をかけてきた神のように、魔王に屈した世界があると知っている神がいる。

さすがにワイズがマルスやハービアを差し向けた事はまだ知られていないようだが、時間の問題だ。

もし、その事がばれて、神剣まで持っていかれたなんて知れたらやばい。

どんな罰が下されるかわからない。

その時、また別の神から連絡が入った。

「ワイズ様……創造神《そうぞうしん》様がお呼びです」

このタイミングで創造神が自分を呼ぶなんて、私が管轄する世界の異変に気付いたのかもしれない。

言い訳が浮かばないまま、ワイズは創造神のもとに向かった。

その頃、ワイズを呼び出した創造神――全ての神を束ねる存在――は唸《うな》り声を上げていた。

「……なんじゃ、この世界は？」

側近が答える。

「確かにおかしいですね。今までも魔王が力をつけ強大な存在になった世界はありましたが、ここまでのものはなかった」

「その通りじゃ。こんな、勇者はおろか神ですら魔王に後れを取りかねない世界が誕生する事などありえない」

「ですが、存在を否定はできません」

創造神がざっと見たところ、あの魔王は通常の勇者三千人に匹敵《ひってき》する力を持っている。

そんな者が君臨していたら、どんな勇者を送り込んでも無駄。

下級神、いや中級神ですら敗北は必至だ。

「確かに存在はしている。勇者よりも神よりも強い魔王とその仲間が」

創造神は頷いて仕方なく認めた。

「その魔王の配下に武神マルス、天使長ハービアがいるという情報がありますが、その真偽のほどは……」

「それをこれからワイズに聞かなくてはならない。その結果次第では」

「他の神々の介入もやむなし……そう判断せざるをえないわけですね」

側近の言葉に、創造神はまたも頷いた。

女神ワイズと彼女が管理する世界――つまりケイン達が生きる世界に、神々が介入しようとしていた。

「女神ワイズ……儂らに何か言いたい事があるのではないか」

創造神がワイズに問いかけた。

その場には創造神だけでなく、主神の十二神が全員揃っていた。

主神とは世界の全てを決める権限を持つ神々の事。

これは絶対にばれている。ワイズはそう確信した。

だが、どこまでばれているか彼女にはわからなかったので、いったんしらを切って様子を見る事にした。

「いったいなんの事でしょうか？」

「ワイズ、それを儂の口から言わせるのか？」

完全にばれているようだ。

ワイズは観念して正直に話す。

「申し訳ございません。ですが、どう考えてもおかしいんです。だって武神と天使長が共闘しても勝てないような魔王なんて、普通いるはずがないじゃないですか？」

しかし、創造神は呆れた様子で首を横に振るばかり。

「もうよい。お前には期待していたのだがな。神剣を失くし、天界の住民が悪の手に落ちるという前代未聞の惨事《さんじ》を引き起こした挙句、それを隠蔽《いんぺい》しようとするとは！」

「で、ですが」

「もう弁解など聞かぬ。ワイズを捕らえよ！　お前を三百年の幽閉《ゆうへい》に処す」

「ちょっと待って！」

「待たぬ」

こうしてワイズは創造神によって幽閉される事になってしまった。

ワイズが連行されていった後も主神達の会議は続く。

「それで彼女が管理していた世界はどうする？」

「本来なら魔の勝利が決定した世界なのだからどうしようもないが……神剣が向こうの手にあり、武神や天使長が魔族側についているのはまずい」

神々が管理する世界は、常に魔神や邪神の加護を受けた魔の軍勢と聖なる神々を味方につけた勇者側との争いが起きている。今回は勇者側が敗れた形だ。

「ならば、世界そのものを破壊してはいかがかな」

「それもまずい。ひとまず、武神と天使長とそれに与する者を殺せばいいのでは」

「それしかないか？」

「ならば、これから人選を行わなくてはな」

「魔王の庇護《ひご》下《か》で武神と天使長が仲良く暮らす世界……本当に汚《けが》らわしい」

「その世界に価値はあるのでしょうか？」

「問題は既に勝敗がついてしまった世界の管理を誰がするかだ」

そこまで話が進んで、皆が黙り込んでしまった。

誰しも負けが確定した世界の管理者にはなりたくない。

だからと言って裏切った天界の住民は許せない。

天使を送り込んで暗殺する事も考えたが、単なる天使ごときでは天使長と武神には勝てない。

同格の者を送ってどうにか殺せても、場合によってはそれより強い魔王が出てくるかもしれない。

様々な議論の結果、武神や天使長より上の存在を送り込み、ハービア、マルス、そしてそれに与する存在を暗殺するしかないという結論に至った。

「方針は決まった。後は誰が管理するのかだ」

するとー人の神が創造神に提案する。

「創造神様、負けが決まった世界を誰かに管理させるのは酷《こく》と言うものです。ここは創造神様がいったん管理して、彼《か》の者達の暗殺が完了し次第その世界を終わらせるのがいいのではないですか？」

創造神は重々しく頷いた。

「仕方ない、それしかないな。後は誰に行かせるかだが……」

「私はトールを推薦《すいせん》する。彼はあのマルスの師匠だ。確実に勝てる」

一人が勢いよく手を挙げて言った。

「確かにそれなら確実だ」

「待て、確かにそうかもしれないが、ワイズが天使長と武神を送った世界に、これ以上強力な神を送り込むのはさすがにまずくないか？」

するとまた別の神が言う。

「トールではなく、進んで行きそうな奴がいるではないか？」

「誰の事を言っているのだ」

創造神が問うと、その神は告げる。

「破壊神《はかいしん》ズーマと凶神《きょうしん》イービルです。あの二神を送り込めばいい」

「あれが言う事を聞くわけがないわ」

だが、提案した神は首を横に振る。

「いや、今回は違う。天使長ハービアと武神マルス。彼女らを葬《ほうむ》った後は好きなだけ暴れていい。それについて他の神は文句を言わないと約束すれば……」

他の神々は驚愕の表情を浮かべた。

「だが、それは……神として私は了承できない」

「いや……一石二鳥ではないか？　裏切り者のハービアとマルスを殺す。その後、魔族の手に落ちる世界をズーマとイービルに壊させる。理にかなっている」

「いや、いくら魔が勝利した世界とはいえ、その世界の人々はどうする？　善良な人間もいるのだ」

「どうせ魔族に滅ぼされる存在。同じ事だ」

「ならば、もう暗殺など計画せず、管理をズーマとイービルに任せてはどうだ？　そうすればこちらが何もしなくても勝手にやってくれるだろう」

「まあ、勇者を派遣するより自分が暴れたい奴らだからな」

「もし、邪神側にばれたら武神と天使長が馬鹿をやったとし、管理をしていたワイズの首でも差し出せば済む」

最後に創造神が結論を出す。

「では、あの世界の管理はズーマとイービルに任せる。そして問題が起きたら、その責はワイズに取らせる。それで決まりだ」


主神達の会議が終わった後、破壊神と凶神が呼び出された。

「破壊神ズーマに凶神イービル。女神ワイズの世界の管理を命ず。加えて武神マルスと天使長ハービア、その仲間の討伐を命ず」

創造神が重々しい口調で告げた。

「創造神よ。それは俺の好きなようにしていいと、そういう事か？　俺は破壊神、壊す事がその仕事だ」

「僕は引き受けてもいいよ。でも僕は凶神だ。たぶん、すかした顔のハービアの羽をむしって焼き殺し、マルスは両腕を斬り落として拷問《ごうもん》の末に殺す。やり方に文句はないよね？」

本当にこいつらに任せてもいいのだろうか？

創造神は今さらながらにそんな事を考えたが、他の神々と話し合った結果である。後戻りはできない。

「構わない」

破壊神と凶神は再度確認してくる。

「それは、ハービアとマルスを殺した後も管理は任せてもらえて、いくらでも破壊し放題って事だな？」

「魔族も人間も僕が嫌いな存在はとことん不幸にして構わない……そういう事だよね」

創造神は首肯した。ズーマとイービルはいつ見ても神には思えない。

魔王なんて比べものにならないほど、邪悪に見える時すらある。

だが、決まった以上は仕方ない。

神という名の邪悪な存在が、平和に暮らしているケインの世界に降り立とうとしていた。

◇◆◇◆◇

「最近のケインは本当に付き合いが悪いよね～。今日も一人で焼き魚っと」

ケイトはその日、魚釣りに付き合ってくれなかったケインにぶうたれながら魚を頬張《ほおば》っていた。

この湖は稀《まれ》に水竜も出るため、冒険者ですらあまり近寄らない。

だがそんな事は、剣聖の力で竜など一瞬で葬り去るケイトには関係ない。

それに最近は自由の翼と竜種とが和解したおかげで、むしろ竜がケイトを見て逃げていく。

「ケインも馬鹿だなぁ～。僕と来ればこんなに美味しい魚が食べられたのに……で、そこの人、僕に何か用があるのかな？」

ケイトはいつもの調子で声をかけた。

するとどこからともなく男が現れる。

ストーカーか変質者か……

「気が付いていたんだね。少しはやるみたいだ」

「温厚な口調でナイフ抜かないでよ。ストーカー君」

ケイトは一瞬で相手の技量を悟る。

強そうだ……しかし、この世界でケイトよりも強い人間はケインとリヒトを除いていない。

「あははは っ、確かに僕は変態だけどさ。君は好みじゃないよ。汗臭い脳筋女《のうきんおんな》なんて遊びたいと思わない。そんなマニアックな趣味はないからね」

「そう？　僕も君みたいな根暗男《ねくらおとこ》に興味はないよ。それでなんの用か聞いてるんだけど？」

こいつは危ない。近づいてくるたびにケイトの経験が警鐘《けいしょう》を鳴らす。

ケインやリヒト、もしかしたらそれ以上かもしれない。

「いやね、僕の顔見知りの臭《にお》いがした気がするから。でも来てみたら、もの凄～く汗臭い馬鹿女がいた。それだけだよ。それでお前、友達に天使とかいない？」

ケイトはハービアの顔を思い浮かべた。

だが、味方じゃない事が確定しているこの男に話す義理はないと判断する。

「知らないよ。天使なんてこの世にいるの？　僕は見た事もないな」

「そう、ならいいや。邪魔して悪かったね、汗臭脳筋女」

「君は凄く失礼だね」

このまま立ち去って、ハービアに報告しないと。ケインとも合流して……とケイトがそこまで考えた時だった。

「僕は嘘つきが嫌いだよ！」

そう叫んだ男が攻撃態勢を取った。

ケイトは剣を抜こうとしたが――

「えっ……僕の手がない……嘘っ、僕の手がないーーーー！」

「何を驚いているのかな？　不細工《ぶさいく》で汗臭い脳筋女が僕に嘘をついたから、手を斬り落としただけだよ？　ほら返すよ」

僕の手、僕の手を掴まないと。

空中に放り投げられた自身の両手を、ケイトはもがくように求める。

「あああああああーーーーっ」

「馬鹿じゃないの？　両手がないのに掴めるわけないじゃん！　ひひひひひーーーっ、おかしいのー」

ケイトはなおも〝僕の手〟と繰り返している。

「うるさいなぁ〜。ブスで汗臭くてキモイ女の相手なんてあまりしていたくないんだけど。どうせハービアの仲間なんでしょう？　もういいや、死んじゃえ」

男が軽く手を振った。

これならかわせる。かわして全速力で逃げる。それしかないとケイトは思った。

彼女は腐っても剣聖だ。

腕を斬り落とされてもなんとか冷静に判断して動こうとした。

だが……

「嘘……」

避けたはずの攻撃が体を貫通していた。

「嫌ぁぁぁぁぁぁーーーーーっ」

「君がさっき魚を三枚におろしていただろう？　真似てみたんだけど。ぷっくすくすくす。死体になっても美しさの欠片もないね？　あっ、もう死んでいるから喋れないか？」

男――凶神イービルはひとしきり笑うと、またつまらなそうな表情に戻る。

「あ〜あ、こんな汗臭い女、殺しても面白くないな。戦乙女のシエスタとか剣姫《けんき》アイシャあたりなら少しは綺麗なのかな？　ズーマより先に出会わないと、せっかくの楽しみがなくなっちゃうよ」

イービルは退屈そうに元ケイトだったものを蹴飛ばすと、その場を立ち去った。

◇◆◇◆◇

自分達が手伝える事を探していたアイシャとアリスとリタだったたが、結局自身の不器用さに気付き大人しく冒険者として地道に働く事にした。

話し合いの末、ひとまずダンジョンに潜る依頼を受けた。

ケインのパーティメンバーかつ冒険者ランク最高のSランクが三人、しかも一人は賢者なので狩れる魔物などにかなり制限がついたが、ギルドにかけ合って、どうにか許可をもらったのだ。

「しかし、討伐したりダンジョンに潜ったりするのに制限をつけられるとは思わなかったな」

「仕方ないわ、アイシャ。私達はケイン率いるパーティ自由の翼のメンバーなんだから」

アリスの言葉に、リタも頷く。

「そうよ、こんな豪華なパーティはないわ」

三人が他愛《たあい》もない事を話しながら目的地へ向かっていると——

「小娘が三人で何を言っているんだ。お前ら程度が豪華だと？　寝言は寝て言いやがれ、雑魚共！」

突如現れた一人の男に、アイシャが食ってかかる。

「お前は誰だ？　私達は英雄パーティ自由の翼の……ぐはっうぇぇぇぇぇぇぇーーー」

「臭い。消えろ」

一瞬の後、アイシャが一撃で吹き飛ばされる。

口から血を吐いて起き上がれない彼女を見てアリスとリタは驚愕したが、すぐに我に返る。

「アリス、ぼさっとしないで！　よくもアイシャを……ファイヤーボール！」

「アイスニードル！」

リタのファイヤーボール、そしてその後ろからアリスのアイスニードル。

これを避けられるわけがない。しかし――

「嘘でしょう!?　今直撃したのに……」

「このちんけな魔法の事か？　こんなもの、いくら食らっても痛くも痒《かゆ》くもないわ。どーれ、まずはあのガタイのいい女から潰すか」

アイシャは立ち上がる事もできていない。アリスとリタが援護する間もなく男はアイシャの頭を握り潰した。

「まずは一匹」

「アイシャ、アイシャーーーーー！　ゆ、許さない。お前は絶対に許さない」

怒りに我を忘れたアリスを、リタが必死になだめる。

「駄目よアリス、逃げないと。こいつには勝てない。今戦ってもただ死ぬだけ！」

「リタ……アイシャは、アイシャは親友なの……」

その涙にリタが一瞬言葉に詰まった時だった。

「遅い」

「えっ……」

「馬鹿な女だ。その女が言ったようにすぐに逃げれば……まあ、俺からは逃げられないか」

男が手を軽く振ると、アリスの首があらぬ方に曲がった。

「アリス！」

逃げてこの事を知らせないと……リタは震える脚を動かそうと必死になる。

しかし、奴が今言ったように逃げられるとも思えない。

「仕方ない、これは本来は私の呪文じゃないけど……」

だが、これを使うしかない。

リタは覚悟を決めた表情で目の前の男に向き合う。

「ほう、先ほどとは目が変わったな。面白い、やってみろ」

リタは杖を捨てた。

そして走り出し、男の頭を掴む。

恐らくリタが何をしても自分には勝てない。その考えが、男に一瞬の隙を作り出した。

「自己犠牲呪文」

リタの体に宿る魔力が爆発した。

森が震えるほど大きな音と共にリタの体が爆発した。

そこには何も残らない……はずだった。

「見事だ。破壊神たる俺に傷をつけるなど、天使でもできぬ……なんだ、もう死んでいるじゃないか」

アイシャ達を瞬殺した男――破壊神ズーマは大きなため息をついた。

「所詮は人間、こんなものか？　まあ人間にしてはよくやったと褒めるべきか」

ズーマは横たわる死体をつまらなそうに眺めてから、その場を後にした。

◇◆◇◆◇

「ふぅ〜、今日の買い物も終わったし、これから家に帰って料理ですかね」

シエスタはいつも通り買い物を済ませてパーティハウスに向かっていた。

人通りの多い王都で囲まれないように、屋根から屋根へと飛び移っていく。

これは〝空歩《くうほ》〟。ハービアがくれたスキルだ。

本来は空を短期間歩く戦闘技術だが、シエスタはもっぱら移動に使っている。

何もかもが普段と同じ。これから家に帰るだけ。しかし、今日は違っていた。

クルダが目つきの悪い男に絡まれていたのだ。

「あははは っ、クルダさんに絡むなんて馬鹿な人ですね」

クルダはポーターで小柄だから、絡まれやすいのかもしれない。

だけど、それでも自由の翼のメンバーだ。

輸送専門でケインやケイトよりは弱いとはいえ、それはメンバーの中での話。

腐ってもSランク、竜種と戦えるくらいには強い。

だから、シエスタは放っておこうとした。

だが――

「うちに何か用ですか？」

警戒心をあらわにしたクルダが、その男――イービルから距離を取ろうとする。

「ちっ、ガキかよ……本当に僕はついてないな」

「いきなりなんなんですか、あなたは⁉」

「汗臭い女に今度はガキ。これじゃいたぶって遊ぶ気にもならないや……死ね！」

イービルが軽く腕を振るうと、クルダはなす術もなくふっ飛ばされた。

しかし、壁に激突するかと思った瞬間、間にシエスタが入ってクルダの体を受け止める。

「大丈夫ですか？　クルダさん」

「シエスタ……？」

弱々しく呟くクルダ。シエスタはすぐに判断する。

「逃げますよ」

「えっ」

シエスタはクルダを担ぎ上げ、走り出した。

走りながらクルダに言う。

「あれ、相当強そうです。誰かと合流しないと殺されるだけだと思います。ケイン様か、できればハービア様のところまで逃げましょう」

「シ、シエスタでも無理なの？」

「無理です。こうしている間に……ぐふっ」

イービルに回り込まれて、お腹を殴られた。

うずくまるシエスタをイービルは覗き込む。

「メイドさんかと思って期待したけどおばさんじゃん。戦メイドなんて話だから、美形だと思ったのに」

「はあはあ……お姉さんと言え……」

「図々しい。お姉さんっていうのは、こうボンキュッボンッで若い感じの奴の事だよ、痛いおばさん。話すのも面倒だからもう死んで～」

ただ単に、手を上から下に振っただけだった。

シエスタはそれを防ぐためにナイフを構えた。

本来ならイービルの手はナイフに当たり、千切れて飛んでいくはず。

しかし、斬られたのはなぜかシエスタだった。

「クルダ……に……げて」

「シエスターーーーッ！」

大量に流れ出す血を見てクルダが絶叫する。イービルは呆れた様子でそれを見ていた。

「馬鹿なガキだ。せっかくおばさんが逃げる時間を作ってくれたのに……」

「嫌、嫌、嫌、いやあああああっ」

「俺、ガキ嫌いだからすぐ終わらせてやるって」

そう言うとイービルはクルダの頭を掴んだ。

「放して……うちを放して……」

イービルはクルダの頭を握るとそのまま力を入れた。

「あーあ、汚ねーな」

イービルはクルダの服で手についた血を拭《ぬぐ》った。

◇◆◇◆◇

俺――ケインはわけもわからぬまま、王城にいた。

つい先ほどまでパーティハウスにいたのだが、いきなり視界が光に包まれたかと思ったら、王城にいたのだ。

ここはどうやらハービアの部屋らしい。

近くには俺と同じように戸惑っているメルルとソニア。そして顔色も悪く、いつもの人をおちょくった雰囲気がどこにもないハービアがいる。

そのハービアが口を開く。

「たった今、大変な事が起きたわ。これから事情を説明する」

「ハービア様、これはいったい……またマルス様絡みですか？　それとも今度は美少年探しですか？」

いつもの気まぐれでマルス様との模擬戦か、ハービアの大好物である美少年を連れてくる用事かと思った俺は、ため息を堪えて言う。

しかし、彼女は首を横に振る。

「違うわ、ケイン。あなたの仲間が死んだ」

「えっ、まさか、リヒトが死んだのですか？」

パーティメンバーとは一緒に暮らしているので、何かあればすぐにわかる。

それ以外ではリヒトしか思いつかなかった。

「リヒトは友人でも、仲間じゃないでしょう。いいわ、実際に見せた方が早い。テレポート」

ハービアが唱えると、鏡のような形の光が出現し、そこからいつの間にもらっていたのか、俺と同じテレポの腕輪をつけた仲間達が現れた。

無惨な死体となって。

「う、嘘だ……嘘だーーーーっ！」

「な、なんで……これは夢ですよね？　あたし、信じませんよ」

「そんな、皆……死んでいる」

メルルとソニアも何か言っていたが、俺には何も聞こえなかった。

気付けば服が汚れるのも気にしないで仲間の遺体《いたい》を抱きしめていた。

「ちくしょう……誰がこんな目に遭わせたんだよっ！　殺す、絶対に殺してやる。いやそれだけじゃ済ませない。残酷に殺してやる」

俺は怒りに任せて言葉を吐き出した。

だが、ハービアは冷静な声で言う。

「無理だわ」

「俺はロードだ。死ぬ気になればどんな相手でも……」

「恐らくマルスより強い相手よ。それでもやるの？」

「やる。たとえ死んでも……」

感情が高ぶりすぎてハービアに対する態度もぞんざいになる。

「無理だって言ってるでしょ」

「それでも俺は、俺は……」

いつの間にか泣き崩れながら、床を叩いていた。

周りの声は聞こえない。

「ちくしょうちくしょうちくしょうちくしょう……！」

その時、ハービアが何やら呟いたが、俺は構わず皆に対する気持ちを叫ぶ。

「ケイトは小さい頃からいつも俺のそばにいてくれた。アイシャだってアリスだって、最初に仲間になってくれてさ、毎日一緒に過ごして今じゃ家族みたいだと思っていたんだ。リタだって楽しく暮らすのはこれからだろうが。クルダもシエスタも笑顔が素敵だったのに、もう見られないのかよ……頼むよ、俺はなんでもするから皆を返してくれよ！」

ひとしきり叫んでなんとか落ち着いたところで俺は顔を上げ、涙でぼやけた視界であたりを見回す。

あれ、なんだか皆の顔が見えてきたような……

「ケイン、だったらこれからも魚釣りに付き合ってくれるかな？」

「そうか、そうだよな。家族か……私もそう思っているぞ」

「同感よ！　家族、まあお嫁さんかしら？」

なぜだろう、ケイトとアイシャとアリスの声が聞こえた。幻聴《げんちょう》かな……

「お嫁さんは私でしょう？　元恋人なんだからさ」

「うちは笑っていればいいんでしょうか？」

「ケイン様、わたしはケイン様が望むならいつでも微笑みますよ」

続けてリタ、クルダ、シエスタの声まで……

「皆……なんで？　俺は夢を見ているのか」

呆然とする俺に、ハービアが呆れた顔で言う。

「ケイン、あなたは馬鹿なの？　私の能力を忘れたわけじゃないでしょ。死んだあなたを何回生き返らせたと思っているのよ」

そうだった……天使長のハービアならパーフェクトヒールが使えるんだった。

だとしたら、さっきの俺は間抜けすぎる。

改めて皆の顔を見てほっとしていると、ハービアが早口に告げる。

「皆、喜んでいるところ悪いけど、逃げるわよ」

「逃げるってなんで……そうだ、そもそもケイト達は誰に殺されたんですか？　それに俺達が逃げたらこの国は」

しかしハービアは首を横に振る。

「今は話している時間はない。この国は大丈夫。あいつらはたぶん私達の関係者しか襲わない。今はね」

俺はとりあえず頷いて、目的地を問う。

「どこに行くんですか」

「あいつらを倒せる存在のいる国――魔国《まこく》よ。とは言っても、途中で追いつかれる可能性が高い。どこかでマルスと合流して、あの二人にぶつけるしかない」

頭をフル回転させている様子のハービア。

俺達は黙って彼女の話を聞く。

「それでは急いで移動するわよ。残念ながら魔国にはテレポートできない。あなた達の事は何度死んでも生き返らせるから、まず私を守りなさい。そうすれば安心よ」

安心？　確かに死なない事は安心だけど、恐怖は変わらずあるのだ。

心臓を押し潰された瞬間や体が真っ二つになった瞬間の恐怖は心に刻まれる。

その証拠に、俺とソニアとメルル以外の顔は暗い。

俺はマルス様との模擬戦でもう慣れたが、他のメンバーにはまだ無理だ。

ただ、ハービアの関係者がまとめて狙われている以上、ここは彼女に従うのが最善策か。

「早速準備して」

ハービアの一言で、俺達は準備を始めた。

俺は急いで飛竜艇《ひりゅうてい》を用意した。

飛竜艇はワイバーンの背中に鞍《くら》をつけた乗り物だ。

今回は、ばらけない方がよさそうだから〝ギガントワイバーン〟を用意した。

ギガントワイバーンは通常のワイバーンの十倍の大きさだ。

もちろん、こんな亜種は滅多にいないのと調教が命懸けなので、この世で一番高額な乗り物だ。

だが、そんな事は言っていられない。

ハービアが死んだらそこで終わりなので、彼女を守るように先頭にケイト、後ろに俺が乗る。

手綱《たづな》はクルダに握ってもらった。

「あの、うちは馬くらいしか乗った事がないのですが」

不安そうなクルダに俺は微笑む。

「大丈夫、馬の方が難しい。こっちの方が楽だから」

これは嘘ではない。

こんな大きな竜種が暴れたら大変だから、長い時間をかけて飼いならしている。

そのため調教は万全。故に馬を操るより簡単なのだ。

「なら、やってみます」

皆の準備が終わった事を確認すると、俺達はギガントワイバーンで空に舞い上がった。

後は俺が警戒していれば大丈夫。

俺が後ろに乗ったのには理由がある。

いかに死なないとはいえ俺以外は全員が女性。彼女達が怪我する姿は見たくない。

追われているのなら、戦闘が発生するのは後方の可能性が高い。だからこそのしんがりだ。

ケイトとアイシャがハーピアを守り、賢者のリタ、攻撃魔法が得意なアリスが遠距離攻撃役。

本来なら鉄壁の構えだ。

だが、俺は不安で仕方がない。

出発直前にハーピアが敵について教えてくれた。

破壊神ズーマと凶神イービル。

俺はロードで人類最強だが、ハーピアやマルスには全然届かない。

そのハーピアが不安がる相手なのだ。

ハーピアから加護をもらっている下僕の俺には、彼女の不安が伝わってくる。

今後の事を考えながら警戒していると、シエスタが器用にギガントワイバーンの背中を歩いて俺のそばに来て囁く。

「本当に大丈夫なのでしょうか？」

「魔国まで行けばな。俺は敵の姿も見ていないからなんとも言えないが……」

「もう何事もなければいいですね」

シエスタは強くなった。

ギガントワイバーンの背中を普通に歩けるバランス感覚。

この中ではハービアを除き、俺とケイトしかできない芸当だ。

そんなシエスタでもやっぱり怖いのだろう。

「本当にな。だがここは空の上だ。簡単には手を出してこられないだろう」

そこでハービアが俺達の話に入ってくる。

「ケイン、私は天使長だから羽があり飛べるわ」

急に何を言い出すんだ、この人は。

「確かにそうですね」

「では、私より高位の存在の凶神や破壊神が、空を飛べないわけがないと思わない？」

「と、飛べるのですか？」

「高位の神は皆普通に飛べるわよ。だから空も絶対に安心とは言い切れない。用心するに越した事はないわ」

その話を聞いて恐怖に震えながらも、俺は今まで以上に警戒を強めた。

しかし――

「ケイン、駄目だわ……破壊神ズーマが来る」

ハービアが諦めた様子で言った。

くそ、どうする？

でも、まだついていた。二人の神に一緒に来られたら何もできなかったが、一人ならまだなんとかなるかもしれない。

俺はハービアの言う方向に目を凝《こ》らしてみる。

かなり遠くに飛んでいる人影のようなものが見えた。

いや、人ではないか。あれが恐らく破壊神ズーマなんだろう。

俺には奴と戦える秘策があった。

ハービアと共に王城に乗り込んで王国を乗っ取った時、心を操られていた俺はハービアを馬鹿にする敵を心から憎《にく》んだ。そして、何十人といた騎士達を一瞬で退けたのだ。

主にあだなす者を殺すための、憎しみに支配された力。

あれなら、少しはなんとかなるのではないか？

そんな事を考えていると、あっという間にズーマが近づいてくる。

奴を見た瞬間から、全員の顔色が悪い。

特にアイシャ、アリス、リタは完全に真っ青で、よく見ると体が震えていた。

ついに声が届く距離までズーマが近づいてきた。

「見つけたぞ……うん？　なんで殺した奴がいるんだ？　そうか、天使長に蘇らせてもらったのか。あははは、馬鹿な奴らだ。あのまま死んでいればもう一度辛い思いをしなくて済んだだろうに」

ズーマを目にした時から、俺の心が憎しみで満ちていく。

意識的に自分の感情を誘導してはいるが、ほとんどは仲間を想う純粋な怒りだ。

これで、あの時と同じように動けるはず。

だが目の前の相手は強い。それも俺を瞬殺するハーピアが恐怖するほどに、だ。

「お前か？　俺の仲間を酷い目に遭わせた上、ハーピア様を狙っている奴は」

俺の問いに、ズーマは興味なさそうに答える。

「だったらどうするんだ？」

なまじロードになったから、相手の強さがわかってしまう。

この神はハーピアよりもマルスよりも強い。

気合を入れるため、大声で宣言する。

「この俺が相手だ！」

「お前が？　一人で？」

「ああ。俺の名はケイン、自由の翼のリーダーだ」

「ふん、面白い。破壊神ズーマだ、かかってこい」

よし、かかった……俺を見下しているのか、最初の一撃を受ける構えだ。

俺は最近、もしかしたら神にも通用するかもしれない悪戯《いたずら》を思いついていた。

だが、仲間というか知り合いのハーピアやマルスでは、試したくても試せない。

これをやったら許してもらえないし、後で地獄を見る事になるから。

俺はポケットに手を突っ込み小袋を取り出した。

それを破って中身を掴み、ワイバーンのすぐ近くまで飛んできたズーマの顔の前でぶちまけた。

「必殺ハバロニアンパンチ」

どうだ！

ハバロニアンパンチは、唐辛子の二千倍辛い果実を干して粉末にしたものを、顔面にぶっかける技。

ハービアやマルスには毒が効かないと聞いた俺は、その理由を、神の不思議な力で毒が中和されてしまうからだと考えた。

だが、食事の辛さや酸《す》っぱさは普通に感じていたから、調味料や食材は人間と同じように処理していると踏んだのだ。

それなら激辛調味料もきっと効く。そう思って編み出した技だった。

先ほども言ったように、その後が怖くてハービアやマルスには試していない。

しかし思った通り、ズーマには効果が出ている。

「うっ、なんだこれは……あーーーっ！　もの凄く痛い！　目が目がーーー鼻も痛ぇーーーーーっ！」

「これが効くなら次はこれだ！」

俺は耳かきほどの細さで腕の長さくらいある金属棒を取り出して、そのままズーマに近づいた。

ズーマは先ほどのハバロニアンパンチで目と鼻を押さえて暴れている。

「地獄に落ちろーーーーーーー！」

取り出した金属棒をズーマの耳に突っ込み押し込んだ。

「うぉーーーーーっあああっ」

これはマルスが耳を掻《か》いていた時に思いついた。

だが、その後に地獄を見る事から以下略。

「ファイヤー」

火魔法を唱えると、ズーマの耳に刺さった棒の先から火が出て、奴の頭部を中から焼いた。

これなら、かなりダメージを与えられるはずだ。

しかも、今現在、俺達は火山の上空を飛んでいる。このまま落ちれば焼き尽くされる……とまではいかずとも、時間は稼げるだろう。

俺の策略通り、ズーマはそのまま火山に落ちていった。

だが、暴れたズーマの右腕が俺の腰に当たり、上半身と下半身を真っ二つにされズーマと一緒に落ちる。

途切れそうな意識の中でハービアの声が聞こえた。

「テレポート、パーフェクトヒール」

すると俺の体は一瞬にしてワイバーンの上に移動、光に包まれ元の姿に戻った。

「ハービア様……」

「よくやったわね。これで相当時間を稼げた。だけど神は死なない。そしてもう油断はしないでしょう。だから次に会った時は残酷に殺されるわ。私がいれば復活させてあげられるけど、心が折れないように気をつけなさい。うふふっ、ケイン、あなたは本当に面白い。あんな方法を考えていたなんて。マルスには内緒にしておくから、今度やってみなさい」

俺は苦笑いして首を横に振る事しかできなかった。

ズーマを退けると、ハービアはようやく落ち着きを取り戻していった。

少し前まではかなり心が動揺していた。

ハービアの下僕になった事で心の奥が繋がった俺には、それが伝わってきていた。

最近ではなんとなくだが考えている事もわかる。

彼女の心が落ち着いたこのタイミングで、破壊神と凶神についてもっと聞いてみたかったが、空気を読んでやめた。

仲間達ほぼ全員が体を震わせていた。

ソニアとメルル以外はあの二人に殺されているのだから当然だ。

普通に考えたら、凄いトラウマになる。

ソニアとメルルにしたって、剣聖のケイトがなす術もなく殺された事実を聞いてから、押し黙っている。

こんな時に明るく話して場を盛り上げるムードメーカーのケイトですら、静かだから困る。

俺は軽い雑談のつもりでケイトに話しかける。

「ケイト、魔国に行けばたぶん、今までに見た事がない魚がいるはずだ。落ち着いたら釣りに行かないか？」

「そ……そだね」

駄目だ……ケイトがこれでは正直言ってお手上げだ。

「ケイン様、大丈夫ですか？　顔色があまりよくありませんが」

シエスタが俺の顔を覗き込んでくる。

「ああ、ちょっと考え事をしていてな。すまない」

「まあ、なるようにしかなりませんよ。ここはもっとお気楽に考えた方がいいと思います」

全員が言葉も発さずに落ち込む中、シエスタだけが明るかった。

「シエスタは怖くないのか？」

俺は思わず尋ねた。彼女だって怖いはずだ。

殺されたトラウマは、そう簡単に消えないだろう。

「あははは、怖いですよ。ですが私は元村娘ですよ？　村人なんて運が悪ければゴブリンにすら負けて殺される。オークあたりと出会ったら、女なんて犯された上に殺されちゃうんですよ？　だから死なんていつも隣合わせなんです。元から慣れっこです！」

言われてみればそうだ。

ただの村人だったシエスタは、冒険者以上に死に近いところで生きてきたのだろう。だから今も気丈に振る舞える。

凄いな、見直した。

「凶神も破壊神も、村娘の時に遠くから見かけたオーガに比べたら怖くありません」

「そっか……」

俺は勘違いしていたのかもしれない。

シエスタの持つこの明るさこそ、本当の強さなのだ。

「そうですすよ。今の私は神様にだって抵抗できちゃうんですから！」

「さすがはシエスタだ」

シエスタに笑顔を向けた後、俺は元勇者パーティメンバーに言う。

「ケイト、ソニア、リタ、お前達なんて顔をしているんだ？」

三人がこちらを振り向いた。

「勇者パーティの時に比べたら今の状況ははるかに恵まれているんだぜ。前は勝てもしない魔王や四天王に無理やり戦いを挑まされて、死ぬ事が確定してたんだ。その運命から逃げたくても逃げられなかった」

「「「……」」」

三人は黙って俺の話を聞いている。

「今は逃げていいからな。というか、今もう逃げているんだ。これだけでも随分ましだと思うぞ」

「……そうなのかもしれないね」

「確かに」

「うん、そうだよね」

ケイト、ソニア、リタが頷いた。

相手が強すぎて絶望しかけていたけど、昔に比べればなんて事はない。

「だろう？　だったら暗い顔する必要なんてないんじゃないか？」

「そうだね、ケイン。うん、僕らしくなかったよ」

ケイトの表情が徐々に明るくなっていく。

「相手が相手だからつい弱腰になっていたけど、そう考えたらそうね」

「ソニアの言う通り。私も賢者なんだから、こういう時こそ真っ先に方法を考えなくちゃいけないのに」

これで元勇者パーティのメンバーは大丈夫だな。

後は自由の翼のメンバーだ。

「アイシャ、アリス、メルル、クルダ、思い出してくれ。冒険者ってそんなに安全な仕事だったか？」

自由の翼のメンバーは全員が叩き上げだ。

冒険者になって薬草採取やゴブリン討伐から始め、たくさんの修羅場《しゅらば》を越えて徐々に強くなってきたはず。

ここにたどり着くまでには、何回も死の恐怖を味わっている。

最近は俺と狩りに行く事で楽してランクが上がっていたから、本来の冒険者の姿を忘れかけているのだと思う。

「「「……」」」

「冒険者の生死は自己責任。それを胸に刻んで生活してきたはずだぞ。そしてそこで頑張ったからこそ、今の皆がいるんだろう？　今回はただ逃げるだけでいいんだ。背中には何も背負ってない」

「……だな。今回の私は盾役じゃない。逃げるだけなら楽なもんだ」

「そうね、その通りだわ」

「回復ならソニアがいて、さらに後ろにハービア様がいる。あたしが気負う必要はなかったんですね。というか、あたしの出番はない気がします」

「国宝を運んでいるわけでもないのに、びびりすぎでした」

アイシャ、アリス、メルル、クルダの表情が柔らかくなる。

これでいい。これが俺の大切な仲間の本来の姿だ。

「ケイン、私をのけ者にして楽しくお話ししているところ悪いけど、今度は凶神イービルが向かってきてるわ。それじゃあ、頑張ってね。人類最強の男、ロードケイン」

ハービアが意地悪く笑って言った。

彼女にも恐怖はなさそうだ。

逆に俺はその笑顔を見て恐怖したが。

凶神イービル。その名前を聞いて、前向きになった仲間が再び暗くなった。

特に顔が青くなったのはケイト、クルダ、そしてシエスタだ。

やられた時の記憶が鮮明に蘇ったのだろう。せっかくいい顔で笑っていたのに……

そう思うと、凄く腹が立ってきた。

さて、どうしようか？

俺が考え込んでいると、すぐ間近で声が聞こえた。

「あんっ、なんだ？　殺したはずの汗臭い女とおばさんとガキじゃないか。なんでいるんだよ～」

こんな神がいるのか？

どう見ても前世でいう、ならず者、というか不良やチンピラにしか見えない。

俺が先ほどと同じように対処しようと、ポケットに手を突っ込もうとした瞬間――

「おい、そこの奴。ポケットからゆっくり手を出せ。少しでもおかしな事したら殺すぞ」

まずい、こいつは破壊神と違って油断している様子が全くない。

俺はポケットから手を出した。

「わかればいいんだ。紛《まぎ》らわしい動きをした奴から殺してやるからな。しかし、ここもブスばかりだな……面はいいが、背がでかくて大柄な女とか、チビで胸なしとかばかりじゃんか。なんでこう僕の食指《しょくし》が動くような奴はいねーの？　この世界にはブスしか存在しねーのかよ」

くっ、すぐにでも殴りかかりたいが、恐らく強い。

マルスすら霞《かす》んでしまうくらいの強さを持っていそうだ。

皆それがわかっているから、ここまでの暴言に対して誰も動かない。

だけど、こいつ女にはかなりうるさそうだな。

俺のパーティはこう言ってはなんだが、全員美少女のはずだ。

俺は試しにイービルに話しかけてみる。

「あの……イービル様」

「うん？　貴様なんだ？　俺に何か用があるのか？　くだらない話だったら殺すよ」

「俺はよくわかっていないのですが、イービル様はハービア様の討伐に来られたんですよね」

「そうだ。間違いない。だから大人しく殺されろ」

とにかく、このままでは全員あっさり殺されて終わりだ。

何か、何か考えないと……くそっハービア様と取引をした時みたいに、事前に時間があれば対策が練れたのに……

はっ、そうか！

「イービル様、ハービア様や俺達を殺すのに期限はあるのでしょうか？」

「期限？」

これにかけるしかない。

魔王は人間を滅ぼすのに二万年待ってくれるらしいが、後でマルスにその理由を聞いたところ、こう言っていた。

高位の者は時間の感じ方が違う。

そこにつけ入る隙はある。俺はなるべく丁寧な声色で尋ねる。

「あの、もしお急ぎでないのなら、この場は見逃してくれませんか」

「僕がお前達を見逃してメリットがあるのか？　もう一度捜し出して殺すのは結構手間なんだぞ」

ここが勝負だ。イービルが見逃してもいいと思える条件を積んでいく。

イービルが望むもの……女だ。

「イービル様、持ちものを出す許可をください。イービル様に捧げるものを取り出したいのです」

「僕に捧げるもの……供物《くもつ》か？」

「はい」

「よし、許可しよう」

俺は金貨の入った小袋を一つと紙とペンを取り出した。

そして手紙を書き、金貨の小袋と一緒に渡す。

「神たる僕に供物を献上するとは素晴らしい心がけだね。それでこのお金と手紙は何かな？」

「その金額であれば、シュベルター王国の王都やルーンガルド帝国の帝都の奴隷商で、最高の奴隷が買えます。神であるイービル様のお気に召すかはわかりませんが、人間からしたら高嶺《たかね》の花《はな》であるエルフすら手に入るのです。それに私は人間界ではそれなりに地位があります。その私から〝やんごとなき方なのでお願いします〟と添え書きをいたしました」

よし、さっきまでの恐ろしい威圧《いあつ》が消えた気がする。

そして、強烈な殺意も薄れていく。

イービルはふんふんと頷く。

「なるほど、正式な供物を添えて願った。ならば神として答えなきゃね。この供物に対してそうだな……一ヵ月見逃してあげるよ。ただし、あくまで見逃すのは僕だけだ。破壊神は関係ない。それでここから王都と帝都、どっちが近い」

俺がイービルに王都への行き方を教えると鼻歌交じりで上機嫌で飛んでいった。

「この神たらしめ……」

ハービアがなぜか冷たい目で俺を見つめていた。

イービルが去った後もしばらく警戒していたが、とりあえず大丈夫そうだ。

まさかここまで上手くいくとは思わなかった。

ほっとしていると、ケイトが尋ねてくる。

「あのケイン、なんでイービルは簡単に去っていったの？　僕はさっぱりわからないんだけど」

「お金と手紙で片がつくものなの？　私、見逃してもらえると思ってなかったよ」

リタも驚きの表情を浮かべていた。

「そうだな……あそこまで殺気を放っていた者がそう簡単に去るわけがない」

「そうよ、おかしいわ。私達の時は問答無用で殺されたのに」

アイシャとアリスも同じように疑問に思っているみたいだ。

俺も確信なんてなかった。

「あ～もう、ごちゃごちゃうるさいわ。なぜイービルがケインのお願いを聞いてくれたか、私が説明してあげる」

ハービアは面倒くさそうな声で説明を始めた。

「いい？　神に何かお願いする時は、まずお伺いを立てる。そしてできそうな事であればお願いする。次にその代価に相応《ふさわ》しい何かを捧げる。最後に感謝する。こんな感じね。案外知らない者が多いけど、古い神はこういったしきたりにうるさいのよ」

要は、俺の取った行動が神にお願いする正しい作法だったらしい。

「わたしのいた地域では、お祭りの時に牛を一頭捧げていました」

「さすがはシエスタ。まあ、神には放浪癖《ほうろうぐせ》がある者も多いから、願いが届いているかはわからないけど、そういった風習として残っていたりするわね」

ハービアは続ける。

「そして、イービルは凶神なのよ」

「それがどうかしたのですか？」

俺が尋ねると、ハービアは人差し指を立てて話す。

「凶神は人間側の神だけど悪神に近く、災いをもたらしたり悪い事ばかりしたりするから、人間に嫌われているの」

「確かに、あの性格では嫌われそうですね」

「だけど、そんな嫌われ者の神にきちんと様をつけて敬い、供物を捧げたのよ、あなたは」

確かにそういう事になるな。

だから、供物供物と何度も口にしていたのか。

「たぶん、今回みたいに敬われて供物をもらった事なんてほとんどないでしょうね。顔には出さなかったけど、かなり動揺していたし嬉しそうだったわ」

「それじゃあ……」

「イービルはあれでも神。恐らく約束は守るわ。私を討伐するように命じたのはたぶん神を束ねる創造神よ。その命令だから殺さないわけにはいかないけど、しばらく見逃すくらいなら彼の権限でできる。だから供物の礼として、その答えを出した。そんなところかしら？」

神になっても上からの命令に逆らえないのか……そう思うと性格は悪そうだけどかなり不憫《ふびん》な気

がする。

まあ、同情は全くできないけどな。


俺達は二人の神を退けて、なんとか魔国到着までの時間を稼いだ。

だが、もう一つの心配がある。

それは、人間で魔国に行った者がほとんどいないという事。

何しろ勇者パーティですら、魔国に踏み込んだ事はないのだ。

謎に包まれた国なのである。

俺はリタに聞いてみる。

「リタは魔国について何か知っているか？」

「えっ、私？」

俺は自由の翼を立ち上げてから魔国なんて存在すら忘れかけていた。

ケイトだってすぐにこっちに合流したから、俺と似たようなもの。

この中で最近まで魔王討伐のため魔国を目指したのは、ソニアとリタだけだ。

「そうだ、勇者パーティは魔王討伐が目標だから魔国を目指していたのだろう？」

アイシャが確認するように尋ねると、リタは答える。

「あっ、そういう事ね。確かに魔王討伐を目指していたけど、それは絶対に無理だから、ほとんど調査していないよ」

「という事は？」

「ケイン達が知っている事とあんまり変わらない」

「そうか……ソニアはどうだ？」

ソニアは黙って首を横に振った。

後は魔国について知っているとしたら、ハーピアしかいない。

自然と皆がハーピアの方を見ていた。

その視線に彼女が気付いた。

「何かしら？」

俺が代表して尋ねる。

「いえ、この中で魔国に行った事があるのはハーピア様だけなので……魔国について教えていただけたらと思いまして」

「なるほどね」

ハーピアは魔国について話してくれた。

彼女の話では魔国は、邪神を祀《まつ》る一神教だそうだ。

そのため、ハーピアの天使長という肩書きもマルスの武神の肩書きも一切通じない。

また、この世界を管理しているという女神ワイズ様から教えてもらったそうだが、魔王と四天王最強であるその息子以外には、信仰についての話題を出さない方がいいとの事だ。

「ちょっとでも他の神の名前を出すと、異教徒扱いされるらしいわ。気をつけて」

「確かに怖いですね」

俺が頷くと、ハービアは身を乗り出して言う。

「そうよ。私なんて四天王になっても、異教徒って言われて石を投げつけられた事もあったわ」

「それでよく手が出ませんでしたね」

「それをしたら、魔王様かその息子に殺されちゃうからね。我慢したわ」

まさかハービアから我慢なんて言葉が出てくるとは思わなかった。

「それで今は魔国の住人に受け入れられたんですか？」

「まあ、なんとかね」

俺はその話を聞いてほっとした。

「なら問題はなさそうですね」

「ええ、魔族は強ければ偉いってところがあるから、たぶん大丈夫よ。だけどいい？　信仰についてだけは気をつけて」

「わかりました」

他のメンバーも首を縦に振った。

そこでハービアはソニアに顔を向けた。

「あなたはできる限り他のメンバーのそばにいた方がいいわね。聖なる力を使うなんて、魔族の天敵だから」

ソニアは頷いて、不安げに言う。

「よく考えたら聖女は勇者と並ぶ聖なるジョブね。殺されたりしないかしら」

「魔王様とその息子は大丈夫よ。寛大だし、勇者など歯牙《しが》にもかけていない。でも他の魔族は違うから、常に警戒はしておいて」

「心にとめておきます」


それからまたしばらく移動を続け——魔国が近づくにつれ、周囲の景色が変わってきた。

黒っぽい木々が増え、なんとなくだが暗い雰囲気になってきた。

空の色も心なしか紫色が混じっているような気がする……そんな事を考えていたら、顔色が青くなりもじもじしているアリスやメルルが視界に入った。

どうも様子がおかしい。

その他にも何人かが顔を赤くして、俺の方をチラチラ見ている。

ややあってリタが意を決したようにハービアに何か耳打ちする。

すると——

「はあ～、今は命懸けの移動をしているのよ！　トイレならその辺でしなさいよ」

なるほど、皆トイレを我慢していたのか。

全員の目が俺の方に向いた。

いや、俺が見ていなくてもここでするのは無理があるだろう。

俺はハービアに進言する。

「ハービア様、いかにギガントワイバーンでも休ませないといけません。このあたりで少しだけ休憩しましょう」

「そういう事なら仕方ないわ」

ハービアが渋々許してくれたので、クルダに言ってワイバーンを黒い木が茂る森に降下させた。

イービルは一ヵ月は追ってこないはずだが、問題はズーマだ。とはいえ、あそこまでやればしばらくは大丈夫だろう。

俺達は周りを警戒しながら地面に降り立つ。

ギガントワイバーンも疲れがたまっていたようで、そのまま顔を地につけ寝てしまった。

他の仲間は一目散に森に入っていく。

限界が近かったのかもしれない。

「人間って大変ね」

ハービアが呟いた。

たぶん、天使長である彼女はこういう事には無縁なのだろう。

ハービアはあくびをすると、思い出したように言う。

「ケイン、後で重要な話があるわ」

ハービアの表情が真剣なものに変わった。

俺は頷いて答える。

「わかりました」

急ぎすぎて途中でばててもいけないので、今日はこのまま休む事になった。

焚《た》き火《び》をして、簡単な食事をして毛布を被る。

皆疲れていたのか、食事中から船を漕《こ》いでいた。

「今日の夜番は俺がするから皆は休んでくれ」

俺が皆に告げると、まだ起きていたシエスタとアイシャが反応する。

「ケイン様も疲れているんですから途中で変わりますよ」

「そうだぞ、ケイン。私も守りには自信がある。体も丈夫だしな」

「シエスタもアイシャもありがとうな。だが大丈夫だ。俺の場合、たぶん一週間くらい眠らなくても問題ないからな」

二人は俺がロードである事を思い出したのか、納得する。

「それじゃあ、今日は甘えさせていただきます」

「了解した。私も休ませてもらう」

そこにハーピアも口添えする。

「このあたりは大した魔物は出ないし、私は四天王でもあるから魔族については大丈夫よ」

つい忘れがちだが、ハーピアは魔族の四天王だった。

それなら魔族は一応配下のはず。

俺はその事に少し安心して、番についたのだった。


皆が寝静まった頃——ハーピアに小さな声で呼ばれた。

「ケイン」

「ハーピア様、もしかして先ほどのお話ですか」

後で重要な話があると言っていたので、恐らくそれだろう。

ハーピアは頷く。

「そうよ。魔国に入って魔王様やそのご子息と会うまではいいの。それからが問題だわ」

「どういう事ですか？」

「あまり歓迎されない可能性がある」

ん？　ハーピアは四天王だし、そのあたりは問題ないと言っていたのだが……

俺は無言で続きを促す。

「私とマルスが魔王様達と戦って負けたのは話したわね」

「確かに聞きました」

「簡単に言うと、それだけの関係なのよ。要は戦って、相手が止《とど》めを刺さずに助けてくれた。それだけのね」

「ハービア様もマルス様も四天王ではないのですか?」

俺は念のため、そこを確認した。

「それは本当。魔族は力が全て。実際に魔王様とその子息以外に、私達より強い存在はいないわ。だからこそ四天王を名乗る事ができたの」

「それなら、魔王の配下なのでは……」

ハービアは首を横に振る。

「違うわ。この世界を魔王様達が滅ぼすのが二万年後。それに対して私達の寿命は一万五千年くらい。これももう話したわね。魔王様には、この世界を滅ぼすまで自由にしていいという権利をもらっただけなのよ」

なんだか雲行きが怪《あや》しくなった気がする。

「それだと……まさか」

「そう。私達は魔王様の庇護下にはいない。だから助けてもらえるかどうかわからないの。それに魔王様は魔族の王。私達のせいで魔族に犠牲が出るとしたら、その瞬間に斬り捨てられる可能性が高いわ」

確かにハービアの言う通りだ。

だけどここまで来て、はいそうですかと帰るわけにもいかない。

「それでは、俺達はどうすればいいのでしょうか？」

「だから、魔王様やご子息との交渉をケインにしてもらいたいのよ。脳筋のマルスや私じゃ難しいからね」

なるほど、そういう事か……責任重大だな。

とはいえ、仲間達のためにもここで諦める選択肢はない。

「わかりました。俺に任せてください！」

そう勢いよく答えたものの、果たして俺にできるのだろうか？

今の俺には、その自信はなかった。


ハービアと話した後、この場所は凄く安全だと判明した。

ハービアは魔族の四天王だからか、近くを通りかかる魔族は彼女を見かけると、まるで勇者や英雄を見た時のように憧れと好意の目を向けていた。

「とりあえずなんとかなりそうね。まあ、魔族の中でもより知能が低い魔獣は襲ってくるかもしれないけど、基本大丈夫よ」

「それなら安心できますね」

「それじゃ、私も眠らせてもらうわね」

ハービアは普段、ほとんど睡眠なんて取らない。

だが嗜好《しこう》という意味で、睡眠を楽しんでいるそうだ。

俺はいっそう気を引き締めて周囲を警戒し始めた。


それから、またしばらく経って――

引き続き周りを見張っていると、急に腕を掴まれ茂みに引き込まれた。

いきなり暗転した視界に驚いたが、落ち着いて目を慣らす。

徐々に見え始めた視界には、優しそうな美少年と青龍が映っていた。

美少年は凄く柔和《にゅうわ》な顔をしているが、なぜか俺の体は震えが止まらない。マルスやハービアの圧どころではない。

体が押し潰されそうな、死が直接のしかかってくるような感じだ。

その美少年が口を開く。

「ほう、青龍。こいつがケインだな。なるほど、本当に人間なのか？　人間特有の嫌な雰囲気が微塵も感じられないが」

青龍は頷いて答える。

「はい、ルラト様。そいつがケインで間違いありません。人間にしておくにはもったいない奴です」

おい、青龍。まずは俺に説明するのが先だろう。

しかし、青龍の横にいる美少年。

俺は紹介されなくても正体はわかっていた。

マルスやハーピアを超える存在で、破壊神や凶神みたいな神ではない者。

それは、魔王か魔王の息子のどちらかに違いない。

そしてなんとなくだが、彼はまだどこか成熟しきっていない印象を受ける。魔王の息子に間違いないだろう。

だが、これは逆らえる存在じゃない。むしろ崇《あが》め奉《たてまつ》る存在だ。

「すまんな、少し気を抑えるとしよう」

そう言うと美少年の雰囲気が柔らかくなった。

ようやく体の震えが止まり、一息つく事ができた。

俺は自己紹介を兼ねて確認する。

「俺はケインと言います。あなた様は……？」

「そう緊張しなくていいぞ。俺は魔族四天王の筆頭ルラト。魔王の息子だから魔王子《まおうじ》でもある」

やはりか……

あの青龍がルラトの横にいると霞んでしまうほど、強大な力を感じる。

俺は跪いた。

「王子様でしたか。先ほどまでの無礼をお許しください」

「何も気にしていないさ。そんなにオドオドしないで普通に話せばいい」

ルラトは俺をリラックスさせようと笑顔を向けているが、目が合っただけで恐怖が走る。

青龍が軽い感じで声をかけてくる。

「ケイン、ルラト様はいつも通りの口調で会話しても怒らない。むしろそちらを好む。最初は難しいと思うが、できるだけそうした方がいいぞ」

「わかったよ……」

絞り出すようにそれだけ伝えるのが精一杯だった。

その後、青龍に聞いたところによれば、青龍とルラトは顔見知りなのだそうだ。

まあ、どちらも自身の種族の中ではトップに近い存在。交流があってもおかしくないか。

一通りの説明が終わるとルラトが言う。

「今日は個人的に聞きたい事があったから来てみたんだ。お前はロード、つまり人間の頂点に立つ存在だが、この先人間が滅ぼされるのをどう思う」

困ったな……どうでもいい、というのが正直なところだ。

二万年も先の話だしな。

「人類は滅んでも仕方ないんじゃないでしょうか」

「ほう、お前自身が人類の癖に面白い事を言うね」

「生き物の多くは、生きるために別の生き物を狩りますが、人類だけは違いますからね。己の利益をむさぼるためだけに殺しをします」

俺は自分の考えをそのままルラトに伝えた。

「ははは、なるほどな。確かにその通りだ」

青龍も頷く。

「俺が人間を嫌いな理由もそれだ」

青龍は人間が嫌いなのか……でも、人間の俺が人間を好きになれないくらいだから、仕方ないのかもしれない。

ルラトは興味深そうな表情で、確認するように尋ねてくる。

「お前は人類でありながら、人類は滅んでいい。そう考えるんだな？」

「俺の仲間が襲われれば抵抗しますよ。だけど、人間はあなたと違って短命ですから、二万年後も生きている俺の知り合いはいないでしょう。薄情と言えば薄情かもしれませんが」

それを聞いたルラトは笑って言う。

「そうかそうか。面白い奴だな、お前。魔族になってみないか？」

「いや、俺は人間として死にたいので……友達も仲間も全員人間ですから。まあ色々あって俺は少し長生きですけど」

「なるほど。確かにお前にはそれがよいかもしれない。人間としての短い人生、楽しむがよい」

「はい、ありがとうございます」

俺が頭を下げると、ルラトは頷いて続ける。

「俺も顔見知りは殺したくないからな。二万年後でよかったよ」

こうやって話してみれば、ほとんど人間と変わらないな。

魔族四天王の筆頭、魔王子といっても、見た目も話し方も俺達とそっくりだ。

そんな風に思っていると、ルラトが不思議そうに俺を見つめてきた。

「青龍から聞いた通り、お前は人間っぽくないね」

「自分ではいたって普通の人間のつもりですが……」

困惑する俺に、ルラトはそっかと軽いノリで応える。

「普通の人間ね……まあいいや！　そういえば俺に聞きたい事はある？　魔国についてなんにも知らないでしょ」

やけに親切だな。ただ、俺にとってはありがたい。

早速俺は、一番気になっていた事を尋ねる。

「それじゃお言葉に甘えて……なんでそんなに強いんですか？」

「それはねぇ、俺の前世が魔神だからかな」

ま、魔神!?　それに前世って……衝撃の事実に思わず声が出そうになった。

でも、よく考えてみれば俺に前世の記憶があるんだから、他に同じような人がいてもおかしくない。

青龍が横から口を出す。

「おい、ケイン！　ルラト様はさらっと言ったが、この情報は他言無用だぞ」

「ああ、わかっている」

俺と青龍のやり取りを聞いていたルラトがくすっと笑う。

「やはりケインは人間らしくないね」

「……？」

どういう意味だろうか？

それにしても、ルラトが魔神の転生者だったとは……武神も天使長も勝てないはずだ。

「ルラト様には、勇者なんかじゃ絶対に敵いませんね」

「たぶん瞬殺だね」

リヒトよ、戦わなくて本当によかったぞ。

その後も少し話をしてから、俺はルラトと青龍と別れた。

「俺は城で待っているからな。また会えるのを楽しみにしているよ」

ルラトはそう言って森の中に消えていった。

◇◆◇◆◇

翌日――俺達は再びギガントワイバーンに乗って魔国を目指した。

しばらくして魔国の領地に入ったところで、地上に降りて徒歩で進む事にした。

魔族に無駄に警戒されても困るからな。

ギガントワイバーンにはお礼に、そのへんの獣を数匹捕らえてあげた。

顔は爬虫類《はちゅうるい》だが、食べる仕草はまるで犬みたいで可愛い。

喜びながら美味そうに平らげると、ギガントワイバーンは大空高く飛んでいった。

今回のギガントワイバーンのように、人が乗る獣を騎獣《きじゅう》と呼ぶのだが、こんな感じで放してやると勝手に飼い主のもとへ帰っていく。

乗り捨てOKのレンタカーに近い。

クルダは凄く可愛がっていたから〝うちの方を振り返らず行っちゃいました〟と、少し涙を浮かべていた。

さて、ここからは普通に歩きだ。

歩いていると魔族に会う事も多くなる。

実際に魔族を見た感想は、人間と大して変わらないという印象に尽きる。

農村部にあるような茅葺《かやぶ》きの家が見え、周りに畑がある。普通に見ればただの農家ののどかな風景に見える。

だが、そこの主は魔族だ。

ここではゴブリンが夫婦睦《むつ》まじく暮らし、子供まで作って生活している。

見た目こそ人間と違うものの、普通の家族の姿がここにもある。

「ケイン、ジロジロ見るのは失礼だわ。ここはもう魔国。見た目は王都で見かける魔物と同じでも、知能が高い存在も多いのよ」

「はい、ハービア様」

魔族とはそもそも魔王に仕える存在全てを指すもの。ここにいる魔物は魔王が治める魔国にいるため、魔族と呼んでも差し支えないだろう。

すれ違う魔族が珍しいものを見る目でこちらを見ている。

ハービアがいるから普通に歩けているが、そうでなければ、どうなっていた事か。

「ハービア様が帰られた」

「ハービア様だーーっ！」

ハービアが通り過ぎるたびに声が上がる。

さすがは四天王、ここでは勇者並みに人気があるようだ。

それに対して俺達は……

「人間だ、人間だ」

「ハービア様のペットなのかな……」

まあ、確かにハービアが連れていたら俺でもそう思うけど。

魔国の中心部に向かって進めば進むほど周囲の魔族が増えていく。

「ケイン、魔族ってこんな生活しているんだね。知らなかったよ」

ケイトが興味津々といった様子で言った。

「ほとんど人間と変わらないじゃない」

「そうだね……姿形が違うだけだわ」

ソニアとリタも驚いたようだ。

リタは続ける。

「もし、あのまま勇者パーティとして旅を続けていたら、最後にはここに来て戦わなければならなかったんだね」

「そういう事ね。こんな風に平和な暮らしをしている魔族を殺すなんてできなかったわ」

俺もソニアの言葉に頷く。

「俺も同感だな」

それがわかっただけでも魔国に来た価値はある。

まあ、実際は逃げて来ただけなんだけど。

「ケイン、あのゴブリン、まるで人間の子供のようだぞ」

「そう見えるわね」

「こんな感じならゴブリンも可愛いですね」

「うちは、眼鏡をかけているオークなんて初めて見ました」

アイシャ、アリス、メルル、クルダ達自由の翼のメンバーも、温かい目で魔国の光景を眺めていた。

ハービアが何を今さらといった表情で言う。

「当たり前じゃない。知能のある魔物なんて人間と一緒よ。ただ違うのは勇者と魔王に対する価値観ね。ここでは魔王こそが正義。人間の希望である勇者こそが悪の権化《ごんげ》なのよ」

「それなら賢者ってまずくないですか？」

ハービアの話を聞いたリタが不安そうに尋ねる。

しかし、リタ以上にソニアが怖がっている。

「聖女はさらにやばいでしょうね」

「そうね。賢者はそこまで大きな問題はないわ。ただ、前にも言ったけど、聖なる力を操る聖女は勇者と並ぶ最悪の存在よ」

「ハービア様、天使長であるハービア様が守ってくれますよね」

ソニアが懇願《こんがん》するようにハービアを見る。

「ええ～どうしようかな」

意地悪な表情を浮かべるハービア。そもそも、魔国に来る羽目になったのはハービアのせいなのだが。

「そんな」

「嘘よ、言わなければばれないから大丈夫。何しろ天使長が四天王をしている国なんだから」

「そうですよね……安心しました」

ほっと息をつくソニア。よかったな。


魔国の中心部に近づくにつれ、家がレンガや石でできたものに変わってきた。

こういうところも人間とそっくりな事に俺は驚く。

そしてついに――

「ほら、着いた」

ハービアが指差す先には、王都と似たような町並みが広がっていた。

そこらへんを歩いているのが魔族でなければ、帰ってきたのかと勘違いしてしまいそうだ。

「ここが魔国の中心……」

俺が他のメンバーと共に町を見回していると……

「ケイン、元気～？」

瞬きをした瞬間、目の前に凶神イービルが現れた。

な、なぜだ……つい今まで全くその気配を感じなかったのに……それに奴とは俺達を一ヵ月見逃す約束を交わしていた。

俺は恐怖で足がすくみそうになるのを堪えながら、なんとか声を絞り出す。

「は、はい、イービル様。元気でやっております。ですが、まだあの約束から数日しか経ってないはず……」

「イービル、あなた、私達を殺しに来たの？　あなたも神である以上、約束くらいは守りなさいよ」

ハービアも警戒心をあらわにしている。

しかし、イービルは興味なさげに言う。

「そんな事はもうどうでもいいから。ケイン、お前は僕の数少ない信者だ。この世界の管理を任された事だし、僕はお前を殺すのをやめようかと思う。あっ、ハービアもね」

その言葉にハービアはきょとんとしている。きっと俺も同じ顔をしているだろう。

「いいの？　それで」

「ああ、僕は君達を殺さない。ここにいるメンバー、汗臭い女もガキもおばさんも殺さないであげる。その代わり、この子を治してくれないか？」

そう言ってイービルが前に押し出したのは、一人の女性だった。

褐色《かっしょく》の肌と、ハービアに似た銀髪が美しい。

顔も元は整っていたのだとわかる。

元、というのも、彼女の顔は半分焼け爛《ただ》れて、体中にも火傷を負っているようだった。

しかも右手を失っているみたいだ。

イービルの話によれば、王都の奴隷商で買ったエルザという女性らしい。

なぜイービルが彼女を選んだのかは不明だが、俺達にとっては幸運だった。

「その子を治せばいいのね。お安い御用よ。パーフェクトヒール」

ハービアがパーフェクトヒールを唱えると、エルザの手が再生していき、火傷もあっという間に治った。

エルザは信じられないといった顔で自分の体を見回し、イービルを振り返った。

「……イービル様」

「よかったな。うん、綺麗になった」

イービルの優しげな表情に、俺達はぽかんとするばかり。

いったい何があったかは知らないが、とりあえず殺されないで済みそうだ。

「これでいいかしら？」

ハービアが確認すると、イービルは頷く。

「うん。約束だから僕はもうハービアやケインの仲間は殺さない。安心して。そうだ、ケイン。僕の信者である君に加護をあげよう」

「加護、ですか？」

俺は思わず聞き返す。凶神の加護ってなんか怖いな。

「僕の加護は他の神にはない唯一無二のものだから、凄いんだよ。はい、あげたっと。僕が加護をあげた人間なんて君くらいだ」

どんな効果がある加護かはわからないが、俺は素直に頭を下げる。

「ありがとうございます」

「じゃあ、実験してみよう。ハービアにされた嫌な事を思い出して」

唐突に言われ、俺は思わずハービアの方を見る。

「そ、そんな事、俺にはできません」

しかし、ハービアは頷いて言う。

「許しますから、言う通りにやってみなさい。私も彼の加護に興味があるわ」

「わ、わかりました」

俺は過去を思い出す事に集中する。

その時、いきなり鳥の糞《ふん》が落ちてきてハービアの頭に直撃した。

「……は？　いや、嘘、なんで鳥の糞が……」

珍しくうろたえるハービアを見て笑いながら、イービルは説明する。

「ケイン、これが僕の加護だ。君が嫌う奴は皆、不幸になる」

「そ、そうなんですね。なんか凄く怖い力ですけど……」

「もしかしたらショボいとか思ったかもしれないが、天使長のハービアだからこの程度なんだ。もしなんの力も持たない普通の人間なら、死ぬほど不幸になる」

それはかなりやばい能力だ。もはや、戦う事すら必要なくなりそうである。

俺は確認のためイービルに尋ねる。

「それは嫌っただけでそうなるのですか？」

「今はその程度だね。だけど僕への信仰が高まれば、もっと強力になる。君を怒らせたら大飢饉《だいききん》が起きたり、災害に見舞われたりね」

「なるほど……」

「君はいい奴みたいだからな。また話せるのを楽しみにしてるよ。それじゃ行こうか、エルザ」

「はい」

そう言って、イービルは一瞬でどこかに消えたのだった。


「ケイン、一応聞いておくけど、体は大丈夫？」

「はい、特に問題ないです」

ハービアに尋ねられ、俺は頷いて答えた。

糞を食らった時は相当お怒りだったが、ようやく落ち着いたようだ。

すると彼女は考え込むように呟き始める。

「おかしいわ。ケインは既に私とマルスの加護をもらっている。その結果、人間としては最強のジョブ、ロードになった。たぶん、普通ならこのあたりが限界のはずなのよね」

そこに、さらにイービルの加護が加わった。

普通の人間なら風船が破裂するように死ぬ可能性が高い。

ハービアはそんな物騒な事を口にしていた。

確かに今の時点で、俺の体はそれらの加護を普通に受け入れている気がする。

彼女は続ける。

「ケインには、私でも考えつかない何かがあるのかもしれないわね。あの凶神イービルが、あそこまで譲歩したのも気になるし……」

だがこれで破壊神ズーマだけ警戒すればよくなったのは幸いだ。

俺はハービアの思索を邪魔しないよう、他のメンバーと今後の予定を軽く話し合った。

どうやら魔王城までもう少しみたいだ。

ようやくここにきて希望が出てきた。

するとハービアが自分の世界から戻ってきたらしい。

「ケイン、今は色々考えても仕方ないわ。次が本番よ。魔王様との交渉、頼むわね」

「頑張ります」

◇◆◇◆◇

「ルラトよ、それで件《くだん》の人間はどうだった」

ケイン達が魔王城に向けて進んでいる頃、その魔王城では魔王子ルラトが父である魔王にケインについて報告するところだった。

美少年の姿のルラトが答える。

「父上、それが面白い人間でした。本人も気付いていない、おかしな力を持っているのかもしれません」

「公式の場以外で父上はやめてくれ。なんだかこそばゆい」

「それじゃあ、ヨグと呼ばせてもらいます」

ヨグとは魔王の実名。息子であるルラトしか知らない名だった。

「その方がしっくりくる。それで、おかしな力とは？」

「そこまでは読み取れませんでした。ただ俺は気に入りましたよ」

ルラトでも読み取れない力。そんなものがある事に、魔王は驚いていた。

「それは王子としてでなく、魔神としてのお前でも読み取れないという事か？」

魔王はルラトが魔神の生まれ変わりであると知っていた。

それでもなお自分に仕えるルラトを不思議に思ってもいたが。

「正確には読み取れます。だが、わけがわからない。強いようで弱い、弱いようで強い。優柔不断なようで戦闘における決断は速い。情熱的だが温和。破壊も平和も担える。読み取れば読み取るほどわからなくなり、底が見えないのです」

「それはまた随分と面白いのですな」

「はい、面白いです。古き友人の青龍も気に入っているみたいでした。随分竜種を殺されたそうですが、それでも友人関係を続けている」

魔王はルラトが魔神であると知っているため、表向きは親子として振る舞っていても、その関係は盟友に近い。

女神ワイズは、魔族側に傾いた世界をなんとかしようと武神と天使長を送り込んできたが、魔神と魔王が揃えば敵ではない。

所詮は二万年弱しか生きられない天使長と武神……しかし、彼らがどういう生き方をするのか観察するのは退屈しのぎになると思い見逃した。

ただ、元からいた四天王の二人をさっさと殺して後釜《あとがま》につくとは、魔王も考えてはいなかったが。

ともかく、魔王達は常に娯楽に飢《う》えていたのだが、ついにルラトが面白いと言うほどの何かが現れた。

魔王は実に興味深そうに言う。

「確かに面白そうだ。同胞を大量に殺された竜、しかもプライドが高い青龍が気に入った存在。そして魔神に興味を抱かせる存在か」

「ヨグも見たら気に入ると思います」

「そうか。それでルラトはどうするのだ？　ハービアと件《くだん》のケインは保護を求めてこの国へ来るのだろう」

「ヨグ、俺達がその気になれば、破壊神ズーマや凶神イービルなんて恐れる存在ではないでしょう。殺すのは造作もない。だがそれでは娯楽にはならない」

「ほう、それで？」

「そうですね……実は何も決めていないのです。あなたがハービアやケインに会った時にどう考えるか見て、決めさせてもらいます」

「なぜだ？」

「普通に考えて、破壊神に凶神、それに武神と天使長がぶつかったら無惨な結果しか思いつかない」

魔王は頷く。

「それは当たり前の事だ」

「だが、そこにあのケインが加わると、何か起きる気がしてしょうがないのです」

「しかし、面白いと言ってもたかが人間、神との戦いで何ができる」

ルラトは首を横に振って答える。

「わかりません。ヨグのおっしゃる通り、ケインはハービアにも瞬殺されるようなか弱い存在です」

「なら、何も起こらず殺されるだけだろうよ」

「でも、そうは思えないのです。ヨグも見ればわかる。あの人間にはつい期待してしまう」

「そこまで言うのならわかった。お前が面白いと言った人間、俺も見させてもらうとしよう」

魔王は思う。ルラトはこんな顔をするのかと。

淡々と話しているが、とても嬉しそうな表情を浮かべているのだ。

もし、自分が見ても面白かったら、それはいい退屈しのぎになる。

魔王もケインに会うのが楽しみになっていた。

◇◆◇◆◇

俺――ケインは目を覚ますと、朝の支度を済ませた。
魔国の中心部である魔都《まと》にたどり着いた俺達は長旅の疲労を癒《いや》すべく、宿を取って一日休む事にしたのだ。

魔族が経営しているので、完全な休養にはならなかったけどな。

集合場所に行くと、既にハービア以外の皆が揃っていた。

「ハービア様は？」

「まだ部屋で寝てるわ」

俺が尋ねると、アリスが答えてくれた。

「そうか」

「お休み前にハービア様は〝死ぬほど疲れたからしばらく眠る。起こさないで〟と、そう言ってたわよ」

まあ、確かに昨日までの旅はかなり心に応えただろう。

本来は一切疲れないはずの天使長が眠ってしまうのだから。

なんだかんだ、ハービアも気を張っていたしな。

「それはそうとケイン、体は大丈夫なんですか？」

「クルダ。どうして？」

「えーとですね、うちがハービア様から聞いた話では、ケインがイービル様にもらった加護が大きすぎて問題が起きる可能性があるとの事だったので……」

ハービアが昨日呟いていた事を皆に話したのか。

「そうか、ありがとう。今はなんともない。むしろ体調はいいみたいだ」

俺自身も俺の体に何が起きるのかわからない。

だが、ここまで体の調子がいい事は今までなかった。

今の俺なら、マルス相手でもかなりいいところまでやれる気がする。

まあ、それは錯覚だと思うけど。

「それでもハービア様が起きるまでは、休んだ方がいいわ。加護の事はなしにしても、昨日まで相当頑張ってたんだから」

「そうですね、朝食は軽いものにしてもらうように頼んでおきますね」

「アリスもシエスタもありがとうな」

俺はそのまま部屋に戻ってベッドに入った。

ここはもう魔都。ハービアが元気になったら魔王城に向かう。

そこでついに魔王と対面するのだ。

残る追っ手は破壊神のズーマのみ。奴さえどうにかできればなんとかなる。

だが、今の俺達に奴と渡り合えるだけの戦力はない。あの時は奇襲だったからこそ上手くいったものの、まともにぶつかれば敵う相手ではないのだ。

だからこそ、魔王との話し合いで全てが決まる。

もし、上手くいかなければ……そこには絶望しかない。

でもそこにかけるしかない。

後は、武神マルスだ。

マルスと上手く合流できれば戦えるかもしれない。

マルスは無事なのだろうか？　ハービアの関係者全てを狙っているのであれば、当然マルスもターゲットになっているはず。

しかし、今は魔王との話し合いをどうするか、考えなければ。


ドンドン、ドンドン――

……考え事をしているうちに、うとうととしてしまったらしい。何かを叩く音で目が覚めた。

部屋のテーブルを見ると、もう一日ここで休む事になった旨を伝える置き手紙があった。シエスタの字だな。

どうやら今は深夜。尋ねてくる客に心当たりはないが……

そう思って俺がふと窓の方を見ると、そこには空中に浮かぶ人間の姿の青龍がいた。

俺は驚いて窓を開ける。

「青龍じゃないか」

「久しぶり……というほどでもないか。つい先日会ったな」

森の中でキャンプしていた時の事を言っているのだろう。

「あれはびっくりしたぞ。急に魔王子が出てきたんだから」

「だろうな。まあ、いい。とりあえず俺の話を聞いてほしい」

「構わないぞ。夜中に来たという事はよほどの用事なんだろう？」

青龍を部屋に招き入れると、椅子をすすめる。

俺がベッドに腰かけたところで、青龍が話し始める。

「先に結論を言わせてもらうと、今回のハービアとその他の神々との揉め事について、竜種はどちらにもつく気はない」

「……そうか」

そりゃそうだろう。俺と青龍が友人とはいえ、メリットがなさすぎる。

それに俺はついこの前まで竜種を狩りまくっていた。青龍との友人関係さえ、よく思わない者がいたとしてもおかしくはない。

青龍は軽く頭を下げる。

「すまんな、俺個人としては味方してやりたいが、俺が手を貸したところで死体が一つ増えるだけだ」

「そう思ってくれるだけで十分だ」

青龍は顔を上げて言う。

「一緒に戦うのは無理だがな、何もしないのも据《す》わりが悪い。これをやるから食え」

そう言って青龍は、生き物の臓器みたいな何かと、赤い液体の入った瓶をテーブルに置いた。

俺は若干引きながら尋ねる。

「これはいったいなんだ？　取り出したばかりの臓器に見えるけど」

「これは俺の肝と血だ。俺のような上位の竜の肝と血には、不思議な力が宿っている。ケイン、お前には前に少しだけ加護を与えたな」

「確か青龍の紋章とかいう、竜種と話せる能力……」

「ああ、使い心地はどうだった」

まずい、すっかり頭から抜けていて全く使っていない。

「いや、まだ使ってないんだ」

「そうか、まあいい。今渡した俺の肝と血だが、それを食して呑めばさらに俺の加護が付与される。具体的には筋力や体力が数倍に跳ね上がるんだ。神相手にはあまり役に立たないが、使ってくれ」

それでも助かる。でも気になる事が……

「肝なんて取って大丈夫なのか？」

「少し痛むが、しばらくしたら再生するから大丈夫だ。それより新鮮なうちに食え」

ここまでしてもらって、食べないという選択はない。

思いきって肝にかじりつく。

俺が口をつけるのを確認した青龍は〝全部食っとけよ〟と言い残して窓から飛んで出ていった。

青龍と俺の友情の味は、とても生臭かった。

◇◆◇◆◇

「本当に酷い旅だったわ」

翌日――起きてきたハービアの最初の一言がそれだった。

どうやら旅の疲れが一気に出たらしい。

しかし、昨日はただ休んでいたのではなく、天使長の力を使って情報収集したり、イービルが俺に与えた加護について考えたりしていたとの事。

「ハービア様、それでイービルが俺にくれた加護って結局なんなんでしょうか？」

本当に俺が嫌う人を不幸にするだけなのだろうか。

気になって尋ねると、ハービアはうんざりした顔で答える。

「神や天使にとっては禁呪みたいなものね。それでケインは何か変わった事はない？」

全然答えになってないが……まあ、いいか。

「別にありません」

「そう、ならよかったわ」

そうだ、ハービアや仲間達には青龍の事を話しておいた方がいいかもしれない。

「そういえば、昨日の夜中、青龍が俺の部屋に来ました。竜種は今回のいざこざで、どちらにもつかないそうです」

ハービアは興味なさそうに言う。

「そんなのはどうでもいいわ。青龍を含む上位の竜種でもマルスにすら及ばない。竜王も昔ならいざ知らず、今は破壊神ズーマに勝てる力はない。虫けらのように殺されるだけだし、賢明な判断ね」

「確かにそうでしょう。ですが青龍が俺に肝と血をくれました」

「それを食べたの？　それで、体にはなんの異常もないと？」

「はい、特には」

「そうなのね……」

ハービアは何やら不思議がっているようだが、昨日話していた加護をもらいすぎるとやばい、みたいな話だろうか。

しかし、ハービアはそれ以上何も言わないので、俺は話を変えた。

「それでハービア様、これからどうしましょうか？　やはり魔王城に行くには、あらかじめ約束とか……」

「それは必要はないわ。私は腐っても四天王だからね。魔王城には顔パスで行けるわよ」

「それなら、急いだ方がいいのではないですか。追っ手もいるわけですし」

「そうね、支度ができ次第出発しましょう」

ハービアはいったん部屋に戻った。

俺も準備のため部屋に向かおうとすると、ケイトが声をかけてくる。

「ケイン、僕も行かなくちゃ駄目かな？　さすがに魔王は怖いんだけど」

「いや、俺だってな……」

ケイトに続いてソニアとメルルも怯えた声で言う。

「私、聖女なのよ。聖女といえば魔王の天敵……魔王の気分を害するから絶対に行かない方がいいと思うの」

「あたしも、その、アークプリーストですから嫌われる気がします！」

「ソニア、メルル、お前達まで」

「わ、私もその元勇者パーティだしなあ……なんて」

リタもかよ……確かに誰だって行きたくはない。

人間だったら魔王城が怖いのは当たり前だ。

「アイシャ、アリス、クルダはどうだ？」

俺が残る三人に尋ねる。

「ケイン、私は行きたいのは山々だが、行ったところで役には立たない」

「私も同じだわ」

「うちも荷物持ちしかできないので……」

アイシャ、アリス、クルダも駄目か。

俺がぐったりとうなだれているところに、シエスタが恐る恐る聞いてくる。

「あ、あの、ケイン様。わたしには聞かないのですか？」

「シエスタは申し訳ないけど、行くしかないと思うよ」

「そんな、なぜです！　わたしはただのメイドですよ？　か弱い存在です」

「か弱いかどうかはともかく、シエスタは俺と同じでハービア様に気に入られているから。ハービア様が絶対に連れていくと思う」

そう、ここ最近ハービアはシエスタの事をかなり重用している。具体的な理由はわからないが、まあシエスタは気配りに長《た》けているので不思議ではない。

今回はかわいそうだけどな。

「そんな……」

「ごめんな。でも俺が命に代えても守るから安心してくれ」

「ケイン様が守ってくれるのですか……その、ありがとうございます」

シエスタは赤くなった頬を両手で押さえている。

すると、なぜかケイトが膨れてこちらを見ていた。

「僕もやっぱり行こうかな？」

「大丈夫だよ、ケイト。皆が行きたくない気持ちはわかるから」

追っ手がいる事を考えると戦力を分散させるのは好ましくないが、やむをえないだろう。

しかし、皆を見回すと先ほどより顔が暗くなっている。

なんでだ……皆は魔王との話し合いという恐怖を回避できたというのに。

だが、その疑問を解消する間もなくハービアが戻ってきた。

「ケイン、準備ができたわ。さあ、行きましょう」

これから、俺の一世一代の大勝負が始まる。


結局、ハービアとも相談して、魔王城には俺とハービアとシエスタで行く事になった。

馬車で行くのかと思っていたが、魔族は歩く事を好むらしく、城下では歩行者が多いという。

俺達も彼らにならって徒歩で魔王城を目指す。

それにしても、あまりに馬車が少ないのでハービアに聞いてみると……

「馬鹿ね、ケイン。ここは魔族が山ほどいるのよ。馬が怖がって歩けないわ」

確かにその通りだ。オーガやオークが闊歩《かっぽ》している町じゃ馬は無理だな。

その分荷車は多い。重い荷物なんかも馬を使うより、オーガ自ら引いた方が早いのかもしれない。

シエスタは最初こそオタオタしていたが、今は慣れてきたのか普通に歩いている。

ちなみに、宿に置いてきた仲間達は全員引きこもり状態だ。

まあ魔族の国なのだから仕方ない。

「来る途中にも思いましたけど、本当に人間と魔族が入れ替わっただけで、暮らしぶりは普通なのですね」

「そうだな」

シエスタの言葉に、俺は頷いた。

ハーピアが言うように、恐らくここの魔族は知能が高いのだろう。

俺達が住んでいる王国周辺に出る魔物とは随分違う。

そうこうしているうちに目的の魔王城に着いた。

「魔王様に会いに来たわ。後ろの二人は私の従者よ」

「ハーピア様、お帰りなさいませ」

ハーピアが告げると、門番はすぐに俺達を通した。さすがは四天王、本当に魔王城も顔パスだ。

シエスタの顔は真っ青だが、何もしてあげられないので我慢してもらう。

そのまま、謁見室に向かうらしい。

「さあ、この先が謁見室よ。あの扉の向こうには、魔王様と四天王筆頭で王子のルラト様がおられる。怒らせたら私でも庇《かば》えない。頼んだわよ」

「かしこまりました」

ハーピアに頷いて答える。

準備が整ったのか、侍従らしき魔族が扉を開いた。

俺は凄まじい恐怖の気が襲ってくると覚悟していたのだが……来なかった。

「よく来たね、ケイン。待っていたよ」

ハービアがまるで錆《さ》びついたカラクリ人形のようにこちらを見た。

気持ちはわかる。〝なんでルラト様がお前を知っているの〟と言いたいのだろう。

「お久しぶりです、ルラト様」

驚いているハービアをよそに、俺は挨拶を返した。

その後、ルラトに魔王を紹介される。

「我がこの魔国を統《す》べる魔王。ケインよ、よくぞ来たな」

どうやら、歓迎されているようだ。

ハービア、シエスタも挨拶を済ませると、ルラトが切り出す。

「しかし、ケイン。君は随分変わっているよね」

「確かに変わっている。我は魔王、ルラトは魔王子だ。我らが目の前にいるのに全く怯えない」

「普通の人間ですよ、加護はいくつかもらっていますが。魔王様達に何かされたわけではないので怯える方がおかしいかと」

「そうか、だがハービアを見よ。お前の連れもな」

魔王にそう言われ、俺がハービアとシエスタを振り返ると……嘘だろ。二人共顔を青くしてガタガタ震えている。

「魔王や魔王子を目の前にしたらこうなるだろう。我らの気にあてられてしまうのだから」

だが、シエスタはともかく、天使長であるハービアがここまで怖がるのは、他に何か理由がありそうだけど……

俺がその事について尋ねると、魔王は笑って言う。

「はは、そうか、知らなかったか。ルラトの前世が魔神なのは聞いているな。同じく我も前世の記憶がある。我の前世は邪神だ」

は？　今なんて？　魔王の前世が邪神？

それって普通に神様って事だよな……なんてこった。

しかも邪神といえばイービルやズーマよりも格上。そりゃ、マルスやハービアが勝てないわけだ。

しかし、衝撃の事実ではあったものの、助力を得られればかなり優位に立てるのも確か。

勝負所だぞ、ケイン。


その後、なぜか謁見室から応接間のような場所に移った。

衝撃の事実を告げられてからも始終和《なご》やかに話は進んでいたが、俺がズーマとの争いにおける助力を求めた瞬間、魔王とルラトの様子が変わった。

「それはできない」

魔王が重々しく首を横に振った。

話を聞けば至極まともな理由だった。彼らは魔王と王子、ケイン達と神々の大規模な争いに魔国の者を巻き込むわけにはいかない。

だから助けられないと、そういう話だった。

普通に考えればそうだが、ハービアは魔王の部下でもある。

そこに縋り食い下がったが、ただ一人のために万の犠牲は払えないと言われてしまった。

まだそこまで大きな戦いになると決まっていないものの、リスクは冒《おか》せないのだろう。

「だが、せっかくここまで来たんだ。タダで帰すのもなんだから、これをやろう」

魔王が赤色の液体が入った瓶を渡してきた。

嫌な記憶が蘇る。まさかな……

「……これは、なんですか？」

「我らの生き血だ。人間が呑むとほんの少しだが魔力が上がる。毒ではないから、安心して呑むがよい」

やっぱりか……青龍の時と同じだ。どうして高位の存在は、力を与えるのに血を呑ませようとするんだよ。

ただ、用意してもらった手前、断るわけにもいかない。

「そ、それでは遠慮なく」

そう言うと、俺はもらった小瓶の血を呑み干した。

「ケイン、駄目よ！　今のあなたには血だけでも危険すぎる……！」

ハービアが叫んだ。

しかし――

「どうかしたのですか？」

「な、なんともないの……？」

「少し体が軽くなった気がするくらいです」

ハービアだけでなく、魔王やルラトも少なからず副作用があるものだと考えていたらしい。

俺の体になんら異常がないのを見て、驚いていた。

その後も少し話を続けたが、結局、俺達は魔王から助力を得る確約はもらえず、魔王城を後にした。

ようやく外の空気を吸えた……そんな事を思ってふと横を見れば、ただ黙って聞いていただけのシエスタの顔が真っ青を通り越して真っ白になっていた。

緊張と恐怖でいっぱいいっぱいだったんだろう。早く休ませてあげないと。

だが、これで俺達は自分達の力だけで破壊神ズーマと戦わなければならなくなった。

そして、魔王やルラトに迷惑をかけないように、早々に魔国を発《た》つ必要も出てきたのだった。

宿に戻った後、今回の魔王達との話し合いの内容を仲間に伝えた。

「魔王達の力は借りられない」

俺がそう言うと、自由の翼のメンバーは一斉に暗い顔になった。

「そんな……それでは私達だけであの破壊神ズーマと戦うのか」

「もうどうしようもないじゃないの」

「あたしの回復魔法も一発で殺されちゃったら意味ないですし……」

「死ぬ事も覚悟しないといけない。そういう事ですね。こういう時、うちは役立たずです」

アイシャ、アリス、メルル、クルダは絶望している。

だが、元勇者パーティのメンバーは少し違った。

「あのさあ、ケイン。僕考えたんだけど、この際、シュベルター王国も巻き込んだらどうかな？なんならルーンガルド帝国も。リヒトには貸しがあるし」

「それがいいと思うわ」

ケイトの提案にソニアが賛成した。

確かに、とにかく全部巻き込んでしまおうという考えはないでもないが……

「無理だな。本気を出せば、マルス様やハービア様でも国相手に無双できるんだ。人数を集めても変わらないだろう」

「それじゃ、僕達はもう駄目って事かあ……まあいいや。絶対に助からないなら、一緒に戦って玉砕しよう。僕だって剣聖。本気を出せば一太刀くらいは浴びせられる」

「賢者の私は、極大魔法をぶつけてやる」

「なら、回復は聖女の私に任せてもらおうかしら」

ケイト、リタ、ソニアが勇ましく言い切った。

凄いな……前は魔王相手の絶望的な戦いから逃げる事ばかり考えていたはずなのに、今は死ぬ気で戦おうとしてくれている。

彼女達に感化されたのか、自由の翼のメンバーも明るい声を上げる。

「元勇者パーティには負けられない。私はクルセイダーの剣姫アイシャ。どれだけ耐えられるかわからないが、ケインの盾になってやる」

「賢者ばかりが魔法使いじゃないわ……私だって」

「あたしも回復魔法を頑張ります」

「それなら、うちは大量のポーションを何度でも輸送しますよ」

「メイドの私がケイン様と一緒に戦わない選択はないです」

これが俺の大切な仲間達――自由の翼だ。

死を前にしても逃げ出さず共にいてくれる。俺が人生で一番欲しかったもの。

感傷的になっていると、ハービアに水を差された。

「来てもらっても邪魔なだけだけどね。だから、この戦いは私とケインで行くわ。それに皆、負けると思っているけど、それは勘違い。ケインはたくさんの加護をもらった。魔王様達からも力を授かっている」

「そうですね。確かにそれだけの加護があれば、もはや破壊神なんてケイン様の敵じゃないです」

シエスタの純粋な目が俺を見つめている。

「なんだぁ〜。僕、心配しちゃったよ？　それなら安心だね」

ケイトも信じ切っているみたいだ。

ハービアは頷いて続ける。

「だけど、今回は神クラスの戦い。それも本当の本気のね。皆が来るとケインの足手まといになってしまう。だから皆はシュベルター王国に帰って待っていてほしいの。私達はさっさと破壊神をぶちのめして帰るから」

破壊神はハービアの関係者を襲っているとはいえ、メインターゲットのハービアを目の前にして他のメンバーを優先して狙うとは考えにくい。

俺もハービアの言葉に乗っかって皆に告げる。

「帰ったら今度こそゆっくり過ごそう！　ダンジョンにも結局潜っていないし、下賜《かし》されたラグドリアン湖も堪能していないからな」

「そうですね、約束ですよ！　ケイン様」

「ああ、シエスタ。任せておけ！」

「ケイン、本当に大丈夫なんだな。大怪我でもしたらただじゃおかないからな」

「問題ない。安心しろ、アイシャ」

「まあ、ケインが負けるわけないわね。私達のリーダーなんだから」

「そうさ、アリス。俺は負けない。自由の翼のリーダーだからな」

「ケインは怪我を直す魔法が使えないんですから、気をつけてください」

「大丈夫だ、メルル。傷一つ負わずに勝ってみせる」

「うちはポーターです。ダンジョンの荷物持ち、楽しみにしていますね」

「ああ。ダンジョンでも素材をたくさん採取するから頼むな、クルダ」

「僕は心配してないかな？　僕の親友は剣聖よりも勇者よりも強いしね」

「まあな。ケイトのおかげでかなり強くなれたよ」

「まさか、ここまでになるとは思わなかったよ……もう私が心配する必要はないよね」

「そうだな、リタ」

「ハーピア様がいるし、聖女の出る幕はないわ」

「その分、ソニアには帰ってから存分に働いてもらうからな」

それぞれのメンバーと話し、俺は仲間達と再会を約束した。

その後、それぞれの支度を終えてから、俺達は別れた。

俺はハーピアに礼を言う。

「ありがとうございます、ハービア様」

「まあ、彼女達が無理して死ぬ必要はないわ。どうせ役に立たないなら逃がしてあげる。それだけの事よ。それにしても……あははっ、あなたがここまで恐怖している顔を初めて見たわ」

「そりゃ怖いですよ。今度ばかりは、もうどうしていいのかわかりません」

「そうね、でも恐怖は大切よ。その感情は時に命を救う。とりあえず私達は魔国と王国の国境を目指しましょう。そこなら多くの人に迷惑をかける事なく戦える」

「そうですね、そこが……」

〝俺達の死に場所ですか〟。そう言いそうになった俺は言葉を呑み込んだ。


その後、俺達は魔国と王国の国境付近にある荒れ地にやってきた。

ここはどこの国の領地でもなく、近くには人間と魔族のどちらも住んでいない。

「ハービア様」

「頑張るしかないわ。私は最悪負けても降参すれば、命までは取られないかもしれない。一応天使長だからね。だけどケインは殺される可能性が高いわ」

確かにその可能性は高い。

最悪の状況を想定しつつ、俺は覚悟を決めてその時を待つ事にした。

◇◆◇◆◇

国境付近の荒れ地に陣取った翌日――ついにハービアが破壊神ズーマの存在を感知した。

「ケイン、来るわ」

その直後、あたりに暴風が吹き荒れる。

思わずつぶった目を再び開けると、目の前に筋骨隆々な男が立っていた。

「ほう、またお前か？　この前は随分と卑怯な事をしてくれた。だが破壊神の俺を退けた、それは誇っていいぞ」

この様子だと、たぶんもう油断はしてくれないだろうな。

俺は負けじと言い返す。

「俺はあなたに比べたら虫けらだ。ただの虫けらが、破壊神を相手にしているんだ。多少のずるは許してほしい」

「まあ、大きな力の差があるのは認めよう。だがもう隙は見せない」

まいったな……前と違って本当に攻められる気がしない。

ここでとりあえず俺は跪いた。

「拙い人間ですがお相手させていただきます」

「……なぜ膝をつくのだ」

相手は神様。ならば、事情はともかく敬意を示すべきだ……というのは建前で、イービルの時のように信者扱いしてくれないかな、という下心からの行動だった。

まともにやっても死ぬだけだったら、試せる事は試してから死のう。

俺が黙って頭を垂れていると、ズーマは勝手に納得して頷く。

「なるほどな……だが俺はお前を殺さなければならない。お前という礼儀正しい人間がいた。それだけは生涯覚えておいてやろう」

「破壊神の記憶に刻まれる。それならそういう戦い方をしないといけませんね。それでは参ります」

「来い、受けてやる」

俺は七星神剣を抜いた。

俺にとって一番頼れる武器、そして相棒だ。

《相棒は戦闘狂だったのか。とうとう破壊神まで相手にするとはな》

七星神剣が呆れた様子で、頭に語りかけてきた。

《すまないな。武神にすら敵わない俺だが、手を貸してくれ》

《儂は武器だ。思う存分やれ》

気合を入れるため、声を張り上げた。

「行くぞ！　七星流星剣！」

マルスと戦った時より数段速い動きで斬りかかった。

流星のような無数の光の剣がズーマを襲う。

だが、それは簡単にズーマにかわされてしまった。

「うむ、マルスがお前を弟子みたいに扱った意味がわかった。なかなかの技だ。この速度ならマルスにも傷を負わせる事ができるかもな」

これで駄目なら——

「七星彗星剣！」

「今度は数でなく質の一撃……惜しいな。もしお前が神で俺と対等な立ち位置にいれば、この戦いはお前の勝ちだったかもしれん。さあ、次はなんだ」

これすら簡単にかわすのか？

今の七星彗星剣が俺の持つ最大の技だ。

これが通じないなら、もう不可能。

だがこれで終わる事はできない。

今回の戦いは、マルスとの模擬戦と違って命の保証はない。負けは死を意味する。

ならば最後まで悪あがきしてみせる。

魔法剣士の俺が憧れた技……人間では勇者のみが使える、伝説の剣技。

「奥義、光の翼だ！」

親友のリヒトの技を借り、ありったけの力を込めて斬りかかる。

今の俺はロード、勇者より格上の存在。

その分、威力は倍増する。

ドゴンッと音を立て、剣はズーマの腹に直撃した。

しかし――

「これなら、先ほどの彗星剣とやらの方が上だな……どれ、今度は俺から行くぞ」

ただ、殴りかかってきただけだった。

そのはずなのに、風圧だけで周りの岩が砕ける。

「……馬鹿な⁉　完全に避けたはず、なの、に……」

避け切ったはずなのに、俺の右腕が胸のあたりからごっそり消え去っていた。

「ほう、殺す気でやったのに生きているとはな。破壊神の一撃に耐えた事、あの世で誇るがいい」

俺の意識が途切れかけた瞬間、後方からハービアの声が聞こえた。

「パーフェクトヒール！」

ハービアの詠唱でみるみるうちに傷が塞《ふさ》がっていく。

ズーマが彼女を睨《にら》みつけた。

「なんの真似だ、ハービア」

「あまりにずるすぎない？　片や神、しかも破壊神。片やロードとはいえ人間。このくらいの援護は当たり前よ」

いや、そもそも今回のズーマの標的は俺じゃなくてハービアでは……？

ズーマも破壊神だけあって好戦的なので、俺に興味を引かれて、その事を忘れてしまっているようだが。

ハービアの言葉にズーマはしばらく考えていたが……

「確かに不公平すぎた。そのハンデは呑もう。ただしハービア、お前は回復系以外の魔法は使うな」

「いいわ、その条件で」

俺を無視して勝手に話し合いが進んでいく。

なんだか、マルスとの模擬戦のような雰囲気になってきた。

まあ、どうせハービアの攻撃魔法はズーマに効かない。有効な攻撃手段があるならこの前ズーマと戦った時に使っているはずだ。

さあ、どうするケイン。

俺の最大の技は使い果たした。

もはや、どんな剣技を出しても無駄。

なら……俺は七星神剣を鞘《さや》に収めた。

《相棒》

七星神剣をしまう直前、頭に声が響いてきた。

《このまま戦えばお前は折れちまう。もういいよ》

《すまないな、肝心な時に力になれなくて》

《いいんだ》

俺の様子を見たズーマが興味深そうに尋ねてくる。

「ほう、剣を収めてどうするんだ」

「もはや何も通じないのはわかった。なら拳で戦う」

俺は拳を握りしめ一気に間合いを詰めると、ズーマの腹を殴りつけた。

「効かないな、そんなのは」

もはやズーマは避けようともしない。

「だが、もう俺にはこれしかない」

再び、殴りかかる。

それを繰り返しているうちに、ズーマが切れた。

「効かないと言っているだろうがーーーっ！」

そこからは一方的だった。

ひたすらズーマに殴られ続けた。

顔の形が変わるまで殴られ、骨が折れて体が悲鳴を上げる。

死の寸前まで殴打されて、ハービアにパーフェクトヒールをかけてもらって復活する。

それの繰り返しだ。

だが、何かがおかしい。

俺の体はなぜここまで耐えられる……

俺はマルスに殴られて体が千切れるくらい弱い存在だったはずだ。

息も絶え絶えだが、純粋な疑問をズーマにぶつけた。

「ハァハァ、聞きたい事が……あります」

「なんだ」

「ズーマ……さ……まは、マルス様より弱いのでしょうか」

「はっ、馬鹿な。何を言い出すんだ」

「俺はマルス様……とやり合えば、いつも体が千切れていました。だがあなた相手……には、そこまでじゃない」

「……確かにおかしいな。なぜだ」

俺は諦めない……

ペチッ。

駄目だな。もはやこんな触るだけのパンチしかできない。

ズーマが軽く腕を動かし、俺の体を振り払う。

バキボキと音がしてまた骨が折れた。目の前には俺のものと思しき腕が落ちている。

「パーフェクトヒール」

もう、何回死にかけたかわからない。

だが、おかしい……なんで俺は死なないんだ……

ハービアがパーフェクトヒールで回復してくれているから？

いや、違う。そもそもマルスと戦った時のような、死んだ感覚がない。

死なないなら、まだやれるはずだ。

ズーマは気持ち悪いものを見る目で、俺を見つめていた。

「お前は何者だ……なぜ生きている」

「わからない……だがお前なんか、これでも食らえ……！　ドラゴニックパンチーッ！」

ドゴッ……！

鈍い音を立て、俺の拳がズーマの腹に突き刺さった。

何が起きたんだ？　今までとは感触が違う。それにこの技……青龍の技だ。なぜ俺が使えるんだ？

「ケイン、貴様ーーっ！　今のは効いたぞ！」

ズーマの殺気が一段と強まる。

まずい、離れなければ……そう思った瞬間、自然と呪文が口から出た。

「エンジェリックフェザー！」

何が起きているんだ……知らない呪文を唱えた俺の背中に羽が生え、いつの間にか空に飛び上がった。

ズーマが憎々しげに呟く。

「ケイン、種族を偽っていたのか？　天使だから俺の攻撃に耐えられたと」

「……わからない。だが……フェザーニードル！」

またもや俺の知識にない言葉だ。

羽が針のように変化し射出。ズーマに突き刺さっていく。

だが、それはズーマには効かないらしい。

「所詮は下級天使の技だ。俺には通じない」

それなら……俺は一気に空高く舞い上がり、そこから垂直に落下する。

そして、その勢いを拳に乗せて放った。

「デーモンパンチ！」

ドガッ！　と音を立て、拳がズーマの顔にめり込む。

それでも、破壊神は地に膝をつく事はない。

「……お前は何者だ」

その問いに俺は答えられない。俺自身、何が起きているのか理解できていないから。

「俺は……何者かわからない。だがお前は敵だから……倒す」

するとズーマはいきなり笑い出した。

「あははは、確かにケイン、お前には驚いた。お前は得体が知れない。だが精々が天使や下級神止まり。俺には通じない」

「……デーモンパンチ」

「この程度の威力だとわかれば受けられる。トカゲがワニになってもドラゴンには勝てぬ」

「……フェザーニードル」

「効かぬ、効かぬ、効かぬ！　そんなものは効かぬーっ！」

「……ドラゴニックパンチ」

「効かぬと言っているだろうがーーっ！」

俺はズーマに頭を掴まれ、頭を潰される。しかし、ハービアの術で蘇った。

目の前の敵を倒さないと……仲間が危ない。

「褒めてやる。今まで戦った誰よりもお前は強かった。だがこれで最後だ。クラッシャーズゲート！」

ズーマの声に応じて、空に門が現れた。門の内側には牙《きば》のようなものが生えており、まるでそれ自体が口に見える。

その門がガチガチと牙を鳴らしながら俺に近づいてきた。

「これが破壊神の奥義クラッシャーズゲートだ。こいつに噛《か》まれ呑み込まれると、魂も消えて神であろうが存在が抹消される」

終わりを確信したズーマが高笑いする。

なんだかわからない強大な力を手に入れた俺も、もう何も思いつかなかった。

全てを諦めて死を受け入れようとしたその時だった——

「いい加減にしなよ、このガキが」

そんな声が聞こえたかと思ったら、いきなりズーマが真っ二つになった。

「な、なんだと……！　お前は……」

さすが破壊神、体を割かれてもまだ動けるとは。

いや、それよりも——なぜルラトがここに？

「俺は、お前の敵なのは確かだな。自分の手下と友人を見えるところで殺されかけてたら、ちょっと黙ってられないな」

「ルラト様、助けてくれないんじゃ……」

「ハーピア、俺も父上も助けないなんて言ってないよ。ただ国民に犠牲を出したくない。そう言っただけだ」

ルラトは続ける。

「もし、ハービアやケインが自分の命惜しさに魔国を巻き込むなら、見捨てたかもしれないね。だけどハービアもケインもそれをしなかった……だから助けに来た」

なんという事だ。イービルやズーマより、ルラトの方がよっぽど神様らしい。

ズーマは怒りをあらわにしていた。

「お前が何者か知らないが、破壊神ズーマに……」

「破壊神、なるほどお前が。そうか、そうか……千回殺す」


「はぁはぁ、もう駄目だ。許してくれぬか？」

「まだ百回くらいしか殺してないんだが」

あの後、ルラトがズーマを殺すたびにハービアが蘇らせてまた殺す、という事を繰り返している。

普通、神は死なない。だがルラトにはなぜかそれができた。

「……殺してくれ」

ついにズーマが呟いた。しかし、ルラトは取り合わない。

「あのさあ、別に俺は本当に殺す気はないよ。ただお前が俺に逆らうからこうなるんだ。ハービアを殺さない。ケイン達に手を出さない。そう約束したら、終わらせてやるよ」

「わかった、約束する」

「ならよし。後さ、これは提案なんだけど、魔族の四天王に空きがあるんだ。お前、興味ない？

別に四天王になったからってこちらから一方的に命令する事はない。たまにお願いするだけ」

「承知した。引き受ける。だからもう許してくれ」

それを聞いたルラトは、表情をぱっと明るくした。

「ケイン、ハービア、今日からズーマも仲間になるって。もう君やケインに手を出さないみたいだから許してやってよ」

「……わかりました」

体力の限界だった俺はそれだけ言って、気を失った。


気付くと全てが終わった後だった。

ズーマと戦っていた時の記憶は、後半からほとんどない。

しかし今、俺の目の前であの破壊神ズーマが、まるで土下座のような姿勢でうなだれている。

わけがわからない。

起き上がって、近くにいたハービアに事情を尋ねる。

「全て終わったわ……ルラト様がね、助けてくれたのよ」

よく見ると、ルラトがズーマの前でふんぞり返っている。

「ルラト様、ありがとうございます」

「気にしなくていいよ。友人や部下が殺されるのは忍びないしね。今四天王が欠けているから補充したいし」

それは俺が死霊王スカルを倒してしまったからなのだが、ルラトはそれには言及しなかった。

「……そうですか」

「それじゃ俺はこれで失礼するよ。あっ、ズーマは二度と君達を襲わないから安心して。じゃあね。今度は魔王城でゆっくり話そう。それと、ケインの体はかなりボロボロだ。しばらくはハーピアに面倒を見てもらうといい」

「それなら、パーフェクトヒールで……」

「いや、今回の傷はたぶんそれだけじゃ治らない。いいから彼女を頼りなって」

「わかりました」


帰りはルラトがワイバーンを用意してくれた。

ギガントワイバーンよりは小さめだが、人数が少ないからいいだろう。

「ケイン、お前はなかなか見どころがある。マルスはイービルに見つかり天界に強制送還されたらしい。しばらくはこちらへ帰ってこないし、その間、俺が稽古をつけてやるぞ」

ズーマが俺の背中をバンバン叩く。

ルラトに負けた途端、この手のひら返し……こいつはあなどれないな。

「あ、ありがとうございます」

「そうだ、俺の加護もやろう。これで逃げられ……いやなんでもない。戦闘力が上がるはずだ」

今、逃げられないって言おうとしたな……最近は神様から加護をもらう事が多いが、実は加護じゃなく奴隷契約なんじゃないかと思うようになった。

俺からしたら、また逆らえない相手が増えただけだ。

「重ね重ねありがとうございます」

それでも一応頭を下げ、礼を言った。

それを見て、また意地悪な笑みを浮かべていたハービアが告げる。

「それじゃ、ケイン。皆のところに帰りましょう」

「そうですね、早く仲間の顔が見たいです」

今度こそ、ゆっくりと過ごしたいな。

しばらくは仲間とまったりして、体が回復したらダンジョンに潜って……そうだ、ラグドリアン湖にも行こう。

さすがにもう面倒事に巻き込まれたくない。

だが、そう思う事が面倒事を持ってくるフラグなのではないかと、心配しながら王国への帰路についたのだった。

月が導く異世界道中
Tsukiga Michibiku Isekai Dochu
あずみ圭
Azumi Kei
1~16
8.5
TVアニメ化!
2021年7月7日放送開始!
TOKYO MX・MBS・BS日テレほか
CV 深澄 真：花江夏樹
巴：佐倉綾音 澪：鬼頭明里
監督:石平信司 アニメーション制作:C2C
レシート応募プレゼント
キャンペーン実施中!!
2021年6月4日～2021年9月30日まで
詳しくはこちら
月が導く異世界道中
あずみ圭
薄幸系男子の成り上がりファンタジー、開幕!
なんでだろう親の都合で異世界へ
読者賞受賞作!
待望の書籍化!
●各定価：1320円（10%税込）
●illustration：マツモトミツアキ
1～16巻好評発売中!!
月が導く異世界道中
1
あずみ圭
木野コトラ
29万部
とことん不運、されどチート!!
漫画：木野コトラ
●各定価：748円（10%税込）●B6判
コミックス1～9巻好評発売中!!

不遇スキルの
Fugu-Skill no Renkinjyutsushi, Henkyowo Kaitaku suru
錬金術師、辺境を開拓する
貴族の三男に転生したので、追い出されないように領地経営してみた
Tsuchineko
つちねこ
1・2
落ちこぼれ錬金術師ののほほん逆転ファンタジー、開幕！
辺境に追放された貴族の三男は、じつは超有能だった!?
錬金術で、ゆる〜っと辺境開拓！
貴族の三男坊の僕、クロウは優秀なスキルを手にした兄様たちと違って、錬金術というこの世界で不遇とされるスキルを授かることになった。それで周囲をひどく落胆させ、辺境に飛ばされることになったんだけど……現代日本で生きていたという前世の記憶を取り戻した僕は気づいていた。錬金術がとんでもない可能性を秘めていることに！　そんな秘密を胸の内に隠しつつ、僕は錬金術を駆使して、土壁を造ったり、魔物を手懐けたり、無敵のゴーレムを錬成したりして、数々の奇跡を起こしていく！
◉各定価：1320円（10％税込）　◉Illustration：ぐりーんたぬき
不遇スキルの錬金術師、辺境を開拓する
不遇スキルの錬金術師、辺境を開拓する
2
つちねこ
辺境に最強竜が棲み着きました。

超貴族主義の国で奴隷のように働かされていた鑑定士の青年、アルト。毎日の重いノルマによって過労死寸前になっていた彼はある日、職場で出くわした敵国の軍人に才能を認められ、亡命してくるよう勧めてもらった。人生をやり直すチャンスと思い、亡命を決意するアルト。めでたく新天地でスローライフを送るかと思いきや……あれよあれよと言う間に、アルト自身も軍属となってしまう。しかも彼は成り行きで将軍候補生となり、落ちこぼれの少女達の上司となることに!?　アルトは万能鑑定スキルを駆使して彼女達の眠れる素質を開花させ、一流の軍人へと育成していく——!

◉定価:1320円(10%税込)　ISBN 078-4-434-29000-8　◉Illustration:桶乃かもく

この作品に対する皆様のご意見・ご感想をお待ちしております。

おハガキ・お手紙は以下の宛先にお送りください。

【宛先】

〒150-6008 東京都渋谷区恵比寿4-20-3 恵比寿ｶﾞｰﾃﾞﾝﾌﾟﾚｲｽﾀﾜｰ 8F
（株）アルファポリス　書籍感想係

メールフォームでのご意見・ご感想は右のＱＲコードから、
あるいは以下のワードで検索をかけてください。

アルファポリス　書籍の感想　検索

ご感想はこちらから

本書はWebサイト「アルファポリス」（https://www.alphapolis.co.jp/）に投稿されたものを、改題・改稿のうえ書籍化したものです。

勇者《ゆうしゃ》に全部《ぜんぶ》取《と》られたけど幸《しあわ》せ確定《かくてい》の俺《おれ》は「ざまぁ」なんてしない！2

石のやっさん（いしのやっさん）

2021年7月31日初版発行

編集－今井太一・宮本剛・芦田尚
編集長－太田鉄平
発行者－梶本雄介
発行所－株式会社アルファポリス
〒150-6008 東京都渋谷区恵比寿4-20-3 恵比寿ｶﾞｰﾃﾞﾝﾌﾟﾚｲｽﾀﾜｰ8F
TEL 03-6277-1601（営業）　03-6277-1602（編集）
URL https://www.alphapolis.co.jp/
発売元－株式会社星雲社（共同出版社・流通責任出版社）
〒112-0005東京都文京区水道1-3-30
TEL 03-3868-3275
装丁・本文イラスト－サクミチ
装丁デザイン－AFTERGLOW
印刷－図書印刷株式会社

価格はカバーに表示されてあります。

落丁乱丁の場合はアルファポリスまでご連絡ください。

送料は小社負担でお取り替えします。


ISBN978-4-434-29201-9　C0093